U0079194

我的
菜日文
快速學會 50音

雅典文化

國家圖書館出版品預行編目資料

我的菜日文：快速學會50音 / 雅典日研所編著
-- 二版. -- 新北市：雅典文化，民107.12
面；　公分. -- (全民學日語；44)
ISBN 978-986-96973-1-6(平裝)

1. 日語　2. 語音　3. 假名

803.1134　　　　　　　　　　　　107017837

全民學日語系列　44

我的菜日文：快速學會50音

企編／雅典日研所

責任編輯／許惠萍

封面設計／林鈺恆

法律顧問：方圓法律事務所／涂成樞律師

總經銷：永續圖書有限公司
永續圖書線上購物網
www.foreverbooks.com.tw

CVS代理／美璟文化有限公司
TEL：(02) 2723-9968
FAX：(02) 2723-9668

出版日／2018年12月

雅典文化

出版社

22103　新北市汐止區大同路三段194號9樓之1
TEL　(02) 8647-3663
FAX　(02) 8647-3660

50音基本發音表

清音

あ ア 阿 a	い イ 衣 i	う ウ 烏 u	え エ せ e	お オ 歐 o
か カ 咖 ka	き キ key ki	く ク 哭 ku	け ケ 開 ke	こ コ ロ ko
さ サ 撒 sa	し シ 吸 shi	す ス 思 su	せ セ 誰 se	そ ソ 搜 so
た タ 他 ta	ち チ 漆 chi	つ ツ 此 tsu	て テ 貼 te	と ト 偷 to
な ナ 拿 na	に ニ 你 ni	ぬ ヌ 奴 nu	ね ネ 內 ne	の ノ no no
は ハ 哈 ha	ひ ヒ he hi	ふ フ 夫 fu	へ ヘ 嘿 he	ほ ホ 吼 ho
ま マ 媽 ma	み ミ 咪 mi	む ム 母 mu	め メ 妹 me	も モ 謀 mo
や ヤ 呀 ya		ゆ ユ 瘀 yu		よ ヨ 優 yo
ら ラ 啦 ra	り リ 哩 ri	る ル 嚕 ru	れ レ 勒 re	ろ ロ 摟 ro
わ ワ 哇 wa		を ヲ 噢 o		ん ン 嗯 n

濁音、半濁音

が ガ 嘎 ga	ぎ ギ 個衣 gi	ぐ グ 古 gu	げ ゲ 給 ge	ご ゴ 夠 go
ざ ザ 紫 za	じ ジ 基 ji	ず ズ 資 zu	ぜ ゼ 賊 ze	ぞ ゾ 走 zo
だ ダ 搭 da	ぢ ヂ 基 ji	づ ヅ 資 zu	で デ 爹 de	ど ド 兜 do
ば バ 巴 ba	び ビ 逼 bi	ぶ ブ 捕 bu	べ ベ 背 be	ぼ ボ 玻 bo
ぱ パ 趴 pa	ぴ ピ 披 pi	ぷ プ 撲 pu	ぺ ペ 呸 pe	ぽ ポ 剖 po

拗音

きゃ キャ	きゅ キュ	きょ キョ
克呀	Q	克優
kya	kyu	kyo
しゃ シャ	しゅ シュ	しょ ショ
瞎	噓	休
sha	shu	sho
ちゃ チャ	ちゅ チュ	ちょ チョ
掐	去	秋
cha	chu	cho
にゃ ニャ	にゅ ニュ	にょ ニョ
娘	女	妞
nya	nyu	nyo
ひゃ ヒャ	ひゅ ヒュ	ひょ ヒョ
合呀	合瘀	合優
hya	hyu	hyo
みゃ ミャ	みゅ ミュ	みょ ミョ
咪呀	咪瘀	咪優
mya	myu	myo
りゃ リャ	りゅ リュ	りょ リョ
力呀	驢	溜
rya	ryu	ryo

ぎゃ ギャ	ぎゅ ギュ	ぎょ ギョ
哥呀	哥瘀	哥優
gya	gyu	gyo
じゃ ジャ	じゅ ジュ	じょ ジョ
加	居	糾
ja	ju	Jo
ぢゃ ヂャ	ぢゅ ヂュ	ぢょ ヂョ
加	居	糾
ja	ju	jo
びゃ ビャ	びゅ ビュ	びょ ビョ
逼呀	逼瘀	逼優
bya	byu	byo
ぴゃ ピャ	ぴゅ ピュ	ぴょ ピョ
披呀	披瘀	披優
pya	pyu	pyo

序言

　　想要輕鬆學會日語，最重要的就是「開口說」。

　　50 音就像是中文的注音符號或漢語拼音，是想開口說日語最必備的條件。為了讓讀者可以在最短的時間內有效率且確實的記住 50 音，本書特別使用中文式發音學習法，協助您順利開口說日語。

　　本書中，在介紹五十音的同時，也列出了相關的實用單字和句子，讓您可以擁有更充足的單字、短句資料庫。只要將它隨身攜帶，不但可以隨時學習，還能查詢、練習會話。

　　對照書中的中文式發音，再配合本書所附的MP3，讀者可以快速掌握發音技巧，並加強日語發音的正確性，不怕出現發音錯誤的窘況。

　　此外，本書特闢「豆知識」單元，「豆知識」在日語中是「小常識」的意思，是指日常生活中的小知識。在「豆知識」單元中，提到許多我們日常生活中就常使用的日語，讓您能結合生活經驗更快速記憶50音。

　　依照本書反覆閱讀、勇於開口練習，相信日語程度不需多久必能有長足的進步。

使用說明

實用單字範例

あなた ──→日文單字	你	──→中譯
阿拿他 ──→中文式發音	a.na.ta.	──→羅馬拼音

應用短句範例

ᐁ你是學生嗎？ ──→ 中譯

あなた	は	学生	です	か。	──→日文短句
a.na.ta.	wa.	ga.ku.se.i.	de.su.	ka.	──→羅馬拼音
阿拿他	哇	嘎哭誰衣	爹思	咖	──→中文式發音

特殊符號

"─"表示「長音」，前面的音拉長一拍，再發下一個音。

"・"表示「促音」，稍停頓半拍後再發下一個音。

平假名與片假名

日文裡，一個發音會分成「平假名」和「片假名」兩種寫法。使用平假名通常是傳統日語單字，如：おちゃ（茶）、ごはん（飯）。而片假名則是使用在從國外傳入的單字（外來語）上，如：コーヒー（咖啡）、アメリカ（美國）。

平假名篇
ひらがな

Part 1　清音

Part 2　濁音

Part 3　半濁音

Part 4　拗音

片假名篇
かたかな

Part 5　清音

目錄

目
錄

平假名篇

ひらがな

清音
濁音
半濁音
拗音

Part 1 清音

あ		
羅馬拼音	**a**	中文式發音　阿

説　明

源自漢字「安」的草書字體。念法就和中文裡的「阿」相同。

實用單字

あなた	你
阿拿他	a.na.ta.

あした	明天
阿吸他	a.shi.ta.

あたま	頭／頭腦
阿他媽	a.ta.ma

あめ	雨
阿妹	a.me.

あし	腳
阿吸	a.shi.

ありがとう	謝謝
阿哩嘎偷－	a.ri.ga.to.u.

應用短句

♣ 你是學生嗎？

あなた は 学生 です か。
a.na.ta. wa. ga.ku.se.i. de.su. ka.
阿拿他 哇 嘎哭誰— 爹思 咖

♣ 明天是好天氣。

あした は いい 天気 です。
a.shi.ta. wa. i.i. te.n.ki. de.su.
阿吸他 哇 衣— 貼嗯key 爹思

♣ 腦筋很好。／很聰明。

あたま が いい です。
a.ta.ma. ga. i.i. de.su.
阿他媽 嘎 衣— 爹思

♣ 下雨。

雨 が 降ります。
a.me. ga. fu.ri.ma.su.
阿妹 嘎 夫哩媽思

♣ 腳痛。

足 が 痛い です。
a.shi. ga. i.ta.i. de.su.
阿吸 嘎 衣他衣 爹思

豆知識

生活中常聽到的「阿娜答」，很多人知道它的意思是「親愛的」，其實在日文中，除了「親愛的」的意思外，主要的意思是指「你」。只不過日本人稱呼對方時都會叫名字，而不會直接說「あなた」。

い	
羅馬拼音 i	中文式發音 衣

說 明

源自漢字「以」的草書字體。念法和中文裡的「衣」相同。

實用單字

いくら	多少錢
衣哭啦	i.ku.ra.

いぬ	狗
衣奴	i.nu.

いい	好／好的
衣—	i.i.

いいえ	不／不是
衣—せ	i.i.e.

いか	花枝
衣咖	i.ka.

いのち	生命
衣no漆	i.no.chi.

● 平假名篇 ひらがな

● 片假名篇 かたかな

● 促音、長音篇

應用短句

♣ 請問多少錢？

いくら です か。
i.ku.ra. de.su. ka.
衣哭啦 爹思 咖

♣ 狗很可愛。

犬 は かわいい です。
i.nu. wa. ka.wa.i.i. de.su.
衣奴 哇 咖哇衣一 爹思

♣ 天氣很好。

いい 天気 です ね。
i.i. te.n.ki. de.su. ne.
衣一 貼嗯key 爹思 內

♣ 找房子。

家 を 探します。
i.e. o. sa.ga.shi.ma.su.
衣せ 喔 撒嘎吸媽思

♣ 拼命。

命 を 懸けます。
i.no.chi. o. ka.ke.ma.su.
衣no漆 喔 咖開媽思

豆知識

日文的「いたい」（衣他衣），就是中文裡「很
痛」的意思，前面加上身體的部位，就表示該部位
疼痛。

う

| 羅馬拼音 | u | 中文式發音 | 烏 |

説　明

源自漢字「宇」的草書字體。念法和中文裡的「烏」相同。

實用單字

| うみ | 海 |
| 烏咪 | u.mi. |

| うし | 牛 |
| 烏吸 | u.shi. |

| うた | 歌 |
| 烏他 | u.ta. |

| うそ | 謊話 |
| 烏搜 | u.so. |

| うしろ | 後面 |
| 烏吸摟 | u.shi.ro. |

| うに | 海膽 |
| 烏你 | u.ni. |

● 平假名篇 ひらがな

● 片假名篇 かたかな

● 促音、長音篇

應用短句

♣ 海很寬廣。

海　 は　 ひろい　 です。
u.mi.　 wa.　 hi.ro.i.　 de.su.
烏咪　 哇　 he撈衣　 爹思

♣ 想養牛。

牛　 を　 飼い　 たい　 です。
u.shi.　 o.　 ka.i.　 ta.i.　 de.su.
烏吸　 喔　 咖衣　 他衣　 爹思

♣ 唱歌。

歌　 を　 歌います。
u.ta.　 o.　 u.ta.i.ma.su.
烏他　 喔　 烏他衣媽思

♣ 說謊。

嘘　 を　 つきます。
u.so.　 o.　 tsu.ki.ma.su.
烏捜　 喔　 此key媽思

♣ 站在後面。

後ろ　 に　 立ちます。
u.shi.ro.　 ni.　 ta.chi.ma.su.
烏吸撈　 你　 他漆媽思

え

羅馬拼音	e	中文式發音	せ

説　明

源自漢字「衣」的草書字體。中文裡沒有相同音的國字，但念法和注音的「せ」相同。

實用單字

● 平假名篇 ひらがな

● 片假名篇 かたかな

● 促音、長音篇

え	畫
せ	e.

えさ	飼料／餌
せ撒	e.sa.

えき	車站
せ key	e.ki.

えび	蝦子
せ逼	e.bi.

えいが	電影
せ一嘎	e.i.ga.

えんぴつ	鉛筆
せ嗯披此	e.n.pi.tsu.

應用短句

♣ 很會畫圖。

絵 が 上手 です。
e. ga. jo.u.zu. de.su.
せ 嘎 糾一資 爹思

♣ 去車站。

駅 へ 行きます。
e.ki. e. i.ki.ma.su.
せ key せ 衣 key 媽思

♣ 吃蝦子。

えび を 食べます。
e.bi. o. ta.be.ma.su.
せ逼 喔 他背媽思

♣ 看電影。

映画 を 見ます。
e.i.ga. o. mi.ma.su.
せ一嘎 喔 咪媽思

♣ 買鉛筆。

えんぴつ を 買います。
e.n.pi.tsu. o. ka.i.ma.su.
せ嗯披此 喔 咖衣媽思

豆知識

閩南語裡的「鉛筆」，就和日文中的「えんぴつ」
發音相同。

お

羅馬拼音	**o**	中文式發音	歐

說 明

源自漢字「於」的草書字體。念法和中文裡的「歐」相同。

實用單字

おと	聲音
歐偷	o.to.

おとこ	男人
歐偷口	o.to.ko.

おんな	女人
歐嗯拿	o.n.na.

おいしい	好吃
歐衣吸一	o.i.shi.i.

おんがく	音樂
歐嗯嘎哭	o.n.ga.ku.

おはよう	早安
歐哈優一	o.ha.yo.u.

● 平假名篇 ひらがな

● 片假名篇 かたかな

● 促音、長音篇

應用短句

♣ 聲音很大。

音　が　大きい　です。

o.to.　ga.　o.o.ki.i.　de.su.

歐偷　嘎　歐－key－　爹思

♣ 男性很多。

男　は　多い　です。

o.to.ko.　wa.　o.o.i.　de.su.

歐偷口　哇　歐－衣　爹思

♣ 女性很少。

女　は　少ない　です。

o.n.na.　wa.　su.ku.na.i.　de.su.

歐嗯拿　哇　思哭拿衣　爹思

♣ 聽音樂。

音楽　を　聴きます。

o.n.ga.ku.　o.　ki.ki.ma.su.

歐嗯嘎哭　喔　keykey媽思

♣ 早安。

おはよう　ございます。

o.ha.yo.u.　go.za.i.ma.su.

歐哈優－　狗紮衣媽思

豆知識

大家常吃的「關東煮」，以前有人用台語叫它做
「黑輪」，其實就是從日文中的「おでん」來的。
還有稱讚好吃時說的「歐衣吸」，就是日文的「お
いしい」。

か

| 羅馬拼音 | **ka** | 中文式發音 | 咖 |

説明

源自漢字「加」的草書字體。念法和「咖啡」的「咖」字相同。

實用單字

かわいい	可愛
咖哇衣ー	ka.wa.i.i.

かに	螃蟹
咖你	ka.ni.

かさ	雨傘
咖撒	ka.sa.

かばん	包包
咖巴嗯	ka.ba.n.

かみ	頭髮
咖咪	ka.mi.

からい	辣的
咖啦衣	ka.ra.i.

● 平假名篇 ひらがな

● 片假名篇 かたかな

● 促音、長音篇

應用短句

♣ 螃蟹很好吃。

かに は おいしい です。
ka.ni. wa. o.i.shi.i. de.su.
咖你 哇 歐衣吸一 爹思

♣ 撐傘。

かさ を さします。
ka.sa. o. sa.shi.ma.su.
咖撒 喔 撒吸媽思

♣ 買包包。

かばん を 買います。
ka.ba.n. o. ka.i.ma.su.
咖巴嗯 喔 咖衣媽思

♣ 剪頭髮。

髪 を 切ります。
ka.mi. o. ki.ri.ma.su.
咖咪 喔 key哩媽思

♣ 喜歡吃辣。

辛い もの が 好き です。
ka.ra.i. mo.no. ga. su.ki. de.su.
咖啦衣 謀no 嘎 思key 爹思

豆知識

閩南語裡的海鷗叫做「咖謀妹」，就是日文裡的
「かもめ」。

き

羅馬拼音	**ki**	中文式發音	**key**

說　明

源自漢字「幾」的草書字體。在中文裡沒有相對應的發音，但是和英文的「key」是相同的念法。

實用單字

きせつ key誰此	季節 ki.se.tsu.

きのう keyno—	昨天 ki.no.u.

きれい key勒—	美麗／乾淨 ki.re.i.

きけん key開嗯	危險 ki.ke.n.

きたない key他拿衣	髒 ki.ta.na.i.

きもち key謀漆	心情／狀況 ki.mo.chi.

應用短句

♣ 季節轉換。

季節 が 変わります。
ki.se.tsu. ga. ka.wa.ri.ma.su.
key誰此 嘎 咖哇哩媽思

♣ 昨天很冷。

昨日 は 寒かった です。
ki.no.u. wa. sa.mu.ka.tta. de.su.
keyno一 哇 撒母咖・他 爹思

♣ 漂亮的人。

きれい な 人 です。
ki.re.i. na. hi.to. de.su.
key勒一 拿 he偷 爹思

♣ 很髒的房間。

汚い 部屋 です。
ki.ta.na.i. he.ya. de.su.
key他拿衣 黑呀 爹思

♣ 感覺很噁心。/感覺不好。

気持ち が 悪い です。
ki.mo.chi. ga. wa.ru.i. de.su.
key謀漆 嘎 哇嚕衣 爹思

く

| 羅馬拼音 | **ku** | 中文式發音 | ㄎㄨ |

平假名篇 ひらがな

片假名篇 かたかな

促音、長音篇

說明

源自漢字「久」的草書字體。念法和中文裡的「哭」相同。

實用單字

くうこう	機場
哭ーロー	ku.u.ko.u.

くすり	藥
哭思哩	ku.su.ri.

くつ	鞋子
哭此	ku.tsu.

くま	熊
哭媽	ku.ma.

くるま	車子
哭嚕媽	ku.ru.ma.

くろい	黑的
哭摟衣	ku.ro.i.

應用短句

♣ 去機場

空港　　へ　行きます。
ku.u.ko.u.　e.　i.ki.ma.su.
哭ー口ー　せ　衣key媽思

♣ 吃藥。

薬　　を　　飲みます。
ku.su.ri.　o.　no.mi.ma.su.
哭思哩　喔　no咪媽思

♣ 穿鞋。

靴　　を　　履きます。
ku.tsu.　o.　ha.ki.ma.su.
哭此　喔　哈key媽思

♣ 搭車。

車　　に　　乗ります。
ku.ru.ma.　ni.　no.ri.ma.su.
哭嚕媽　你　no哩媽思

♣ 黑色的衣服。

黒い　　服　　です。
ku.ro.i.　fu.ku.　de.su.
哭捜衣　夫哭　爹思

け

| 羅馬拼音 | **ke** | 中文式發音 | 開 |

說 明

源自漢字「計」的草書字體。音近中文裡的
「開」字，但尾音接近「せ」音。

實用單字

けさ	今天早上
開撒	ke.sa.

けいけん	經驗
開－開嗯	ke.i.ke.n.

けいたい	手機
開－他衣	ke.i.ta.i.

けしき	風景
開吸key	ke.shi.ki.

けんこう	健康
開嗯ロー	ke.n.ko.u.

けち	小氣
開漆	ke.chi.

● 平假名篇 ひらがな

● 片假名篇 かたかな

● 促音、長音篇

應用短句

♣ 今天早上下雨。

今朝 は 雨 でした。
ke.sa. wa. a.me. de.shi.ta.
開撒 哇 阿妹 爹吸他

♣ 經驗很少。

経験 が 少ない です。
ke.i.ke.n. ga. su.ku.na.i. de.su.
開一開嗯 嘎 思哭拿衣 爹思

♣ 忘了帶手機。

携帯 を 忘れました。
ke.i.ta.i. o. wa.su.re.ma.shi.ta.
開一他衣 喔 哇思勒媽吸他

♣ 風景很美。

景色 が きれい です。
ke.shi.ki. ga. ki.re.i. de.su.
開吸key 嘎 key勒一 爹思

豆知識

「手機」一詞在日文中就叫做「けいたいでん
わ」；漢字寫成「携帯電話」，在日本，火車和公
車上是不能講手機的，並且要開靜音模式。

こ

| 羅馬拼音 | **ko** | 中文式發音 | ㄎㄡ |

説明

源自漢字「己」的草書字體。念法和中文裡的「ㄎㄡ」相同。

實用單字

こい	愛情
ㄎㄡ衣	ko.i.

こうえん	公園
ㄎㄡ一せ嗯	ko.u.e.n.

こたえ	答案
ㄎㄡ他せ	ko.ta.e.

ことば	話語
ㄎㄡ偷巴	ko.to.ba.

これから	從現在起
ㄎㄡ勒咖啦	ko.re.ka.ra.

こころ	心／感覺
ㄎㄡㄎㄡ撈	ko.ko.ro.

🎵 015

應用短句

♣ 戀愛。

恋　に　落ちます。

ko.i.　ni.　o.chi.ma.su.

ロ衣　你　歐漆媽思

♣ 在公園散步。

公園　を　散歩　します。

ko.u.e.n.　o.　sa.n.po.　shi.ma.su.

ローせ嗯　喔　撒嗯剖　吸媽思

♣ 不知道答案。

答え　が　分かりません。

ko.ta.e.　ga.　wa.ka.ri.ma.se.n.

ロ他せ　嘎　哇咖哩媽誰嗯

♣ 傷心／感到挫折。

心　が　折れます。

ko.ko.ro.　ga.　o.re.ma.su.

ロロ撲　嘎　歐勒媽思

さ

羅馬拼音	**sa**	中文式發音	撒

説 明

源自漢字「左」的草書字體。念法和中文裡的「撒」相同。

實用單字

さかな	魚
撒咖拿	sa.ka.na.

さくら	櫻／櫻花
撒哭啦	sa.ku.ra.

さけ	酒
撒開	sa.ke.

さむい	冷
撒母衣	sa.mu.i.

さいきん	最近
撒衣key嗯	sa.i.ki.n.

さる	猴子
撒嚕	sa.ru.

應用短句

♣ 喜歡魚／喜歡吃魚。

魚　　　が　好き　です。
sa.ka.na.　ga.　su.ki.　de.su.
撒咖拿　　嘎　思key　爹思

♣ 櫻花開。

桜　　　が　咲きます。
sa.ku.ra.　ga.　sa.ki.ma.su.
撒哭拉　　嘎　撒key媽思

♣ 喝酒。

酒　　を　　飲みます。
sa.ke.　o.　　no.mi.ma.su.
撒開　　喔　　no咪媽思

♣ 很冷。

寒い　　です。
sa.mu.i.　de.su.
撒母衣　爹思

♣ 最近過得如何。

最近　　どう　です　か。
sa.i.ki.n.　do.u.　de.su.　ka.
撒衣key嗯　兜一　爹思　　咖

豆知識

常聽到日文裡的「寂寞」念成「撒咪吸」，寫法是
「さびしい」或「さみしい」。

し

| 羅馬拼音 | **shi** | 中文式發音 | 吸 |

説　明

源自漢字「之」的草書字體。念法和中文裡的「吸」相同。

實用單字

しけん	考試
吸開嗯	shi.ke.n.

した	下面
吸他	shi.ta.

しつもん	問題
吸此謀嗯	shi.tsu.mo.n.

しんせつ	親切
吸嗯誰此	shi.n.se.tsu.

しお	鹽
吸歐	shi.o.

しま	島
吸媽	shi.ma.

● 平假名篇 ひらがな

● 片假名篇 かたかな

● 促音、長音篇

應用短句

♣ 應考。

試験 を 受けます。

shi.ke.n. o. u.ke.ma.su.

吸開嗯 喔 烏開媽思

♣ 在下面。

下 に あります。

shi.ta. ni. a.ri.ma.su.

吸他 你 阿哩媽思

♣ 有問題。

質問 が あります。

shi.tsu.mo.n. ga. a.ri.ma.su.

吸此謀嗯 嘎 阿哩媽思

♣ 不好意思／先告辭。

失礼 いたします。

shi.tsu.re.i. i.ta.shi.ma.su.

吸此勒一 衣他吸媽思

♣ 親切的大嬸。

親切 な おばさん です。

shi.n.se.tsu. na. o.ba.sa.n. de.su.

吸嗯誰此 拿 歐巴撒嗯 爹思

す

| 羅馬拼音 | **su** | 中文式發音 | 思 |

說　明

源自漢字「寸」的草書字體。念法和中文裡的「思」相同。

實用單字

すき	喜歡
思key	su.ki.

すくない	少
思哭拿衣	su.ku.na.i.

すこし	一點點
思口吸	su.ko.shi.

すし	壽司
思吸	su.shi.

すみません	對不起／不好意思
思咪媽誰嗯	su.mi.ma.se.n.

すもう	相撲
思謀一	su.mo.u.

● 平假名篇 ひらがな

● 片假名篇 かたかな

● 促音、長音篇

應用短句

♣ 喜歡的東西。

好^すき な もの です。
su.ki. na. mo.no. de.su.
思key 拿 謀no 爹思

♣ 很少。

少^{すく}ない です。
su.ku.na.i. de.su.
思哭拿衣 爹思

♣ 有一點想睡。

少^{すこ}し 眠^{ねむ}い です。
su.ko.shi. ne.mu.i. de.su.
思口吸 內母衣 爹思

♣ 吃壽司。

すし を 食^たべます。
su.shi. o. ta.be.ma.su.
思吸 喔 他背媽思

♣ 很抱歉。

すみません でした。
su.mi.ma.se.n. de.shi.ta.
思咪媽誰嗯 爹吸他

豆知識

中文裡壽司兩個字，就是沿用日文裡的「すし」。

せ

羅馬拼音	se	中文式發音	誰

● 平假名篇 ひらがな

● 片假名篇 かたかな

● 促音、長音篇

説　明

源自漢字「世」的草書字體。音近中文裡的「誰」，但是不捲舌。

實用單字

せいかつ	生活
誰一咖此	se.i.ka.tsu.

せかい	世界
誰咖衣	se.ka.i.

せまい	很小／很窄
誰媽衣	se.ma.i.

せんせい	老師
誰嗯誰一	se.n.se.i.

せんべい	仙貝
誰嗯背一	se.n.be.i.

せんたく	洗衣服
誰嗯他哭	se.n.ta.ku.

應用短句

♣ 生活很辛苦

生活　　が　苦しい　　です。
se.i.ka.tsu. ga. ku.ru.shi.i. de.su.
誰一咖此　嘎　哭嚕吸衣　爹思

♣ 世界很大。

世界　　は　　広い　　です。
se.ka.i. wa. hi.ro.i. de.su.
誰咖衣　哇　he捷衣　爹思

♣ 很小的房間。

狭い　　部屋　　です。
se.ma.i. he.ya. de.su.
誰媽衣　嘿呀　爹思

♣ 老師不在。

先生　　は　　いません。
se.n.se.i. wa. i.ma.se.n.
誰嗯誰一　哇　衣媽誰嗯

♣ 不喜歡洗衣服。

洗濯　　が　　嫌い　　です。
se.n.ta.ku. ga. ki.ra.i. de.su.
誰嗯他哭　嘎　key啦衣　爹思

豆知識

閩南語裡的「老師」就是和日文裡的「せんせい」
相同。

そ

羅馬拼音	SO	中文式發音	搜

説 明

源自漢字「曾」的草書字體。念法和中文裡的「搜」相同。

實用單字

そこ	那邊
搜口	so.ko.

そと	外面
搜偷	so.to.

そうじ	打掃
搜一基	so.u.ji.

そふ	祖父
搜夫	so.fu.

そば	蕎麥麵
搜巴	so.ba.

そら	天空
搜啦	so.ra.

● 平假名篇 ひらがな

● 片假名篇 かたかな

● 促音、長音篇

應用短句

♣ 在那邊。

そこ に あります。
so.ko. ni. a.ri.ma.su.
搜口 你 阿哩媽思

♣ 出去外面。

外 へ 出ます。
so.to. e. de.ma.su.
搜偷 せ 爹媽思

♣ 打掃。

掃除 します。
so.u.ji. shi.ma.su.
搜一基 吸媽思

♣ 討厭噪音。

騒音 が 嫌い です。
so.u.o.n. ga. ki.ra.i. de.su.
搜烏歐嗯 嘎 key啦衣 爹思

♣ 天空是藍的。

空 は あおい です。
so.ra. wa. a.o.i. de.su.
搜啦 哇 阿歐衣 爹思

豆知識

「そば」蕎麥麵是日本代表的麵食之一。但若是看到店家的菜單寫的是「中華そば」，指的則是用黃色麵條的日式拉麵。

た

| 羅馬拼音 | **ta** | 中文式發音 | 他 |

説　明

源自漢字「太」的草書字體。念法和中文裡的「他」相同。

實用單字

たいへん	很糟／太不幸了／很嚴重
他衣嘿嗯	ta.i.he.n.

たかい	貴／高
他咖衣	ta.ka.i.

たくさん	很多
他哭撒嗯	ta.ku.sa.n.

たな	櫃子
他拿	ta.na.

たのしい	高興
他no吸ー	ta.no.shi.i.

たいせつ	珍貴的
他衣誰此	ta.i.se.tsu.

● 平假名篇 ひらがな

● 片假名篇 かたかな

● 促音、長音篇

應用短句

♣ 不好了/真不幸。

大変 です。
ta.i.he.n. de.su.
他衣嘿嗯　爹思

♣ 很貴的書。

高い 本 です。
ta.ka.i. ho.n. de.su.
他咖衣　吼嗯　爹思

♣ 吃很多。

たくさん 食べます。
ta.ku.sa.n. ta.be.ma.su.
他哭撒嗯　他背媽思

♣ 很高興。

楽しい です。
ta.no.shi.i. de.su.
他no吸ー　爹思

♣ 重要的人。

大切 な 人 です。
ta.i.se.tsu. na. hi.to. de.su.
他衣誰此　拿　he偷　爹思

ち

| 羅馬拼音 | **chi** | 中文式發音 | 漆 |

説明

源自漢字「知」的草書字體。念法和中文裡的「漆」相同。

實用單字

| ちいさい | 小的 |
| 漆一撒衣 | chi.i.sa.i. |

| ちかい | 很近 |
| 漆咖衣 | chi.ka.i. |

| ちかく | 附近 |
| 漆咖哭 | chi.ka.ku. |

| ちこく | 遲到 |
| 漆口哭 | chi.ko.ku. |

| ちから | 力量 |
| 漆咖啦 | chi.ka.ra. |

| ちず | 地圖 |
| 漆資 | chi.zu. |

MP3 022

應用短句

♣小公園。

小さい　公園　です。

chi.i.sa.i.　ko.u.e.n.　de.su.

漆一撒衣　口烏せ嗯　爹思

♣很近。

近い　です。

chi.ka.i.　de.su.

漆咖衣　爹思

♣遲到。

遲刻　します。

chi.ko.ku.　shi.ma.su.

漆口哭　吸媽思

♣用力。

力　が　入ります。

chi.ka.ra.　ga.　ha.i.ri.ma.su.

漆咖啦　嘎　哈衣哩媽思

つ

| 羅馬拼音 | **tsu** | 中文式發音 | 此 |

説　明

源自漢字「川」的草書字體。念法和中文裡的「此」相同。

實用單字

つくえ	桌子
此哭せ	tsu.ku.e.

つめたい	冷的
此妹他衣	tsu.me.ta.i.

つり	釣魚
此哩	tsu.ri.

つよい	強的／堅強的
此優衣	tsu.yo.i.

つまらない	無聊
此媽啦拿衣	tsu.ma.ra.na.i.

つき	月亮
此key	tsu.ki.

我的英日文50音

[應用短句]

♣買桌子。

机 を 買います。

tsu.ku.e. o. ka.i.ma.su.

此哭せ 喔 咖衣媽思

♣冷飲。

冷たい 飲み物 です。

tsu.me.ta.i. no.mi.mo.no. de.su.

此妹他衣 no咪謀no 爹思

♣去釣魚。

釣り に 行きます。

tsu.ri. ni. i.ki.ma.su.

此哩 你 衣key媽思

♣很強的隊伍。

強い チーム です。

tsu.yo.i. chi.i.mu. de.su.

此優衣 漆一母 爹思

♣無聊的節目。

つまらない 番組 です。

tsu.ma.ra.na.i. ba.n.gu.mi. de.su.

此媽啦拿衣 巴嗯古咪 爹思

[豆知識]

「冷たい」也可來形容一個人的態度冷淡。

● 050

て	
羅馬拼音 **te**	中文式發音 貼

説 明

源自漢字「天」的草書字體。念法和中文裡的「貼」類似，但沒有中間的「一」，像是在發「ㄊㄝ」的音。

實用單字

てんき	天氣
貼嗯key	te.n.ki.

てら	寺廟
貼啦	te.ra.

てんきん	調職到外地
貼嗯key嗯	te.n.ki.n.

ていねい	細心／有禮貌
貼－內－	te.i.ne.i.

てきとう	適當的／隨便的
貼key偷－	te.ki.to.u.

てんいん	店員
貼嗯衣嗯	te.n.i.n.

● 平假名篇 ひらがな

● 片假名篇 かたかな

● 促音、長音篇

應用短句

♣ 天氣很好。

天気　が　いい　です。

te.n.ki.　ga.　i.i.　de.su.

貼嗯key 嘎　衣—　爹思

♣ 去廟裡。

お寺　へ　行きます。

o.te.ra.　e.　i.ki.ma.su.

歐貼啦　せ　衣key媽思

♣ 被調職。

転勤　　します。

te.n.ki.n.　shi.ma.su.

貼嗯key嗯　吸媽思

♣ 細心有禮貌的人。

丁寧　　な　人　です。

te.i.ne.i.　na.　hi.to.　de.su.

貼—內—　拿　he偷　爹思

♣ 隨便做。

適当　　　に　します。

te.ki.to.u.　ni.　shi.ma.su.

貼key偷—　你　吸媽思

豆知識

日本的「寺」拜的是有具體神像的神，而「神社」
則是祭拜沒有形象的神明。

と

| 羅馬拼音 | **to** | 中文式發音 | 偷 |

說明

源自漢字「止」的草書字體。念法和中文裡的「偷」相同。

實用單字

とおい	遠
偷－衣	to.o.i.

とけい	時鐘
偷開－	to.ke.i.

とても	非常
偷貼謀	to.te.mo.

となり	旁邊／隔壁
偷拿哩	to.na.ri.

とり	鳥／雞
偷哩	to.ri.

とし	年／年紀
偷吸	to.shi.

●平假名篇 ひらがな

片假名篇 かたかな

促音、長音篇

應用短句

♣ 很遠的地方。

遠い　ところ　です。

to.o.i.　to.ko.ro.　de.su.

偷一衣　偷口摟　爹思

♣ 買時鐘。

時計　を　買います。

to.ke.i.　o.　ka.i.ma.su.

偷開一　喔　咖衣媽思

♣ 非常漂亮。

とても　きれい　です。

to.te.mo.　ki.re.i.　de.su.

偷貼謀　key勒一　爹思

♣ 旁邊的人／住旁邊的人。

隣　の　人　です。

to.na.ri.　no.　hi.to.　de.su.

偷拿哩　no　he偷　爹思

♣ 年紀增長。

歲　を　とります。

to.shi.　o.　to.ri.ma.su.

偷吸　喔　偷哩媽思

豆知識

在日本直接問女性年齡是不太禮貌的，自我介紹時
通常也不需要特別說明年齡。

な

| 羅馬拼音 | **na** | 中文式發音 | 拿 |

説　明

源自漢字「奈」的草書字體。念法和中文裡的「拿」相同。

實用單字

なか	裡面／中間
拿咖	na.ka.

なつ	夏天
拿此	na.tsu.

なまえ	名字
拿媽せ	na.ma.e.

なつかしい	懷念
拿此咖吸—	na.tsu.ka.shi.i.

なに	什麼
拿你	na.ni.

なし	梨子
拿吸	na.shi.

● 平假名篇 ひらがな

● 片假名篇 かたかな

● 促音、長音篇

應用短句

♣ 在裡面。

中 に あります。
na.ka. ni. a.ri.ma.su.
拿咖 你 阿哩媽思

♣ 喜歡夏天。

夏 が 好き です。
na.tsu. ga. su.ki. de.su.
拿此 嘎 思key 爹思

♣ 說名字。

名前 を 言います。
na.ma.e. o. i.i.ma.su.
拿媽せ 喔 衣-媽思

♣ 很懷念。

懐かしい です。
na.tsu.ka.shi.i. de.su.
拿此咖吸- 爹思

♣ 想吃梨。

梨 が 食べ たい です。
na.shi. ga. ta.be. ta.i. de.su.
拿吸 嘎 他背 他衣 爹思

豆知識

在日本，因為覺得夏天讓人沒有食欲，因而沒有精神，稱為「夏バテ」，因此日本人夏天會吃鰻魚飯來補充體力。

に

羅馬拼音	**ni**	中文式發音	你

說　明

源自漢字「仁」的草書字體。念法和中文裡的「你」相同。

實用單字

にく	肉
你哭	ni.ku.

にもつ	行李
你謀此	ni.mo.tsu.

にんげん	人類
你嗯給嗯	ni.n.ge.n.

におい	味道／臭味
你歐衣	ni.o.i.

にし	西邊
你吸	ni.shi.

にんき	受歡迎的程度／人氣
你嗯key	ni.n.ki.

● 平假名篇 ひらがな

● 片假名篇 かたかな

● 促音、長音篇

🎵 027

應用短句

♣ 吃肉。

にく を た 食べます。
肉 を 食べます。
ni.ku. o. ta.be.ma.su.
你哭 喔 他背媽思

♣ 拿行李。

に もつ も 荷物 を 持ちます。
ni.mo.tsu. o. mo.chi.ma.su.
你謀此 喔 謀漆媽思

♣ 有臭味。

にお 臭い が します。
ni.o.i. ga. shi.ma.su.
你歐衣 嘎 吸媽思

♣ 向西行。

にし 西 へ い 行きます。
ni.shi. e. i.ki.ma.su.
你吸 せ 衣key媽思

♣ 受歡迎。

にん き 人気 が あります。
ni.n.ki. ga. a.ri.ma.su.
你嗯key 嘎 阿哩媽思

豆知識

中文裡經常會用「超人氣」來形容事物受歡迎的程度，而日文裡，也是用「人気」這個字來表示，很受歡迎叫做「大人気」。

ぬ

羅馬拼音	**nu**	中文式發音	奴

説　明

源自漢字「奴」的草書字體。念法和中文裡的「奴」相同。

平假名篇 ひらがな

片假名篇 かたかな

促音、長音篇

實用單字

ぬるい 奴嚕衣	温的／冷掉的 nu.ru.i.
ぬの 奴no	布 nu.no.
ぬま 奴媽	沼澤／池塘 nu.ma.
ぬるぬる 奴嚕奴嚕	溼黏的 nu.ru.nu.ru.
ぬいぐるみ 奴衣古嚕咪	布偶 nu.i.gu.ru.mi.
ぬくもり 奴哭謀哩	温暖 nu.ku.mo.ri.

應用短句

♣冷掉的熱茶

温い　　お茶　　です。

nu.ru.i.　o.cha.　de.su.

奴嚕衣　歐掐　爹思

♣織布。

布　　を　　織ります。

nu.no.　o.　o.ri.ma.su.

奴no　喔　歐哩媽思

♣在小池溏釣魚。

沼　　で　　釣り　　を　　します。

nu.ma.　de.　tsu.ri.　o.　shi.ma.su.

奴媽　爹　此哩　喔　吸媽思

♣溼溼黏黏的。

ぬるぬる　　です。

nu.ru.nu.ru.　de.su.

奴嚕奴嚕　爹思

♣喜歡布偶。

ぬいぐるみ　　が　　好き　　です。

nu.i.gu.ru.mi.　ga.　su.ki.　de.su.

奴衣古嚕咪　嘎　思key　爹思

ね

羅馬拼音	ne	中文式發音	內

說 明

源自漢字「祢」的草書字體。音近中文裡的「內」，但沒有「ㄟ」的音，較近似「ㄋㄝ」這個音。

實用單字

ねこ	貓
內口	ne.ko.

ねん	年
內嗯	ne.n.

ねむい	想睡
內母衣	nu.mu.i.

ねぎ	蔥
內個衣	ne.gi.

ねっしん	熱心
內・吸嗯	ne.sshi.n.

ねだん	價格
內搭嗯	ne.da.n.

🎵 029

應用短句

♣ 貓叫。

猫 が 鳴きます。
ne.ko. ga. na.ki.ma.su.
內口 嘎 拿key媽思

♣ 想睡。

眠い です。
ne.mu.i. de.su.
內母衣 爹思

♣ 熱心的人。

熱心 な 人 です。
ne.sshi.n. na. hi.to. de.su.
內・吸嗯 拿 he偷 爹思

♣ 價格很高。

値段 が 高い です。
ne.da.n. ga. ta.ka.i. de.su.
內搭嗯 嘎 他咖衣 爹思

豆知識

日本女生講話時常常會在句尾加上長長的「ね」字，但是男生用的時候則較簡短，要是音拉得太長，有時會給人娘娘腔的感覺。

の

| 羅馬拼音 | **no** | 中文式發音 | **no** |

説　明

源自漢字「乃」的草書字體。音和中文裡的
「糯」相同，但為了方便記憶，取用英文單字
「no」。

平假名篇 ひらがな

片假名篇 かたかな

促音、長音篇

實用單字

のる no嚕	搭乘 no.ru.
のり no哩	海苔 no.ri.
のみもの no咪謀no	飲料 no.mi.mo.no.
のう no—	腦 no.u.
のうか no—咖	農家 no.u.ka.
のど no兜	喉嚨 no.do.

應用短句

♣ 吃海苔。

のり を 食べます。

no.ri. o. ta.be.ma.su.

no哩 喔 他背媽思

- -

♣ 買飲料。

飲み物 を 買います。

no.mi.mo.no. o. ka.i.ma.su.

no咪謀no 喔 咖衣媽思

- -

♣ 研究腦。

脳 を 研究 します。

no.u. o. ke.n.kyu.u. shi.ma.su.

no— 喔 開嗯Q— 吸媽思

- -

♣ 在農家長大。

農家 に 育ち ます。

no.u.ka. ni. so.da.chi. ma.su.

no—咖 你 搜搭漆 媽思

- -

♣ 渴了。

のど が 渇きました。

no.do. ga. ka.wa.ki.ma.shi.ta.

no兜 嘎 咖哇key媽吸他

- -

は

| 羅馬拼音 | **ha** | 中文式發音 | 哈 |

説　明

源自漢字「波」的草書字體。念法和中文裡的「哈」相同。當「は」出現在句子中當作助詞時，讀作「wa」，音同中文裡的「哇」。

實用單字

はと	鴿子
哈偷	ha.to.

はこ	箱子
哈口	ha.ko.

はさみ	剪刀
哈撒咪	ha.sa.mi.

はし	筷子
哈吸	ha.shi.

はな	花
哈拿	ha.na.

はる	春天
哈嚕	ha.ru.

● 平假名篇 ひらがな

● 片假名篇 かたかな

● 促音・長音篇

應用短句

♣ 鴿子飛。

はと　が　飛びます。

ha.to.　ga.　to.bi.ma.su.

哈偷　嘎　偷逼媽思

♣ 放在箱子裡。

箱　の　中　に　おきます。

ha.ko.　no.　na.ka.　ni.　o.ki.ma.su.

哈口　no　拿咖　你　歐key媽思

♣ 用剪刀。

はさみ　を　使います。

ha.sa.mi.　o.　tsu.ka.i.ma.su.

哈撒咪　喔　此咖衣媽思

♣ 用筷子吃。

箸　で　食べます。

ha.shi.　de.　ta.be.ma.su.

哈吸　爹　他背媽思

♣ 買花。

花　を　買います。

ha.na.　o.　ka.i.ma.su.

哈拿　喔　咖衣媽思

豆知識

在日本，鴿子也是和平的象徵。

ひ

| 羅馬拼音 | **hi** | 中文式發音 | **he** |

説　明

源自漢字「比」的草書字體。中文裡沒有對應的發音，因此用英文裡的「he」來表示。

實用單字

ひくい he哭衣	低的 hi.ku.i.
ひこうき he ロ —key	飛機 hi.ko.u.ki.
ひと he偷	人 hi.to.
ひま he媽	有空 hi.ma.
ひる he嚕	白天／中午 hi.ru.
ひろい he摟衣	寬闊的 hi.ro.i.

● 平假名篇 ひらがな

● 片假名篇 かたかな

● 促音、長音篇

應用短句

♣ 很低的山。

低い 山 です。

hi.ku.i. ya.ma. de.su.

he哭衣 呀媽 爹思

- -

♣ 坐飛機去。

飛行機 で 行きます。

hi.ko.u.ki. de. i.ki.ma.su.

heロ－key 爹 衣key媽思

- -

♣ 人很多。

人 が 多い です。

hi.to. ga. o.o.i. de.su.

he偷 嘎 歐一衣 爹思

- -

♣ 很閒。

暇 です。

hi.ma. de.su.

he媽 爹思

- -

♣ 趁白天的時候來／趁中午時候來。

昼 の うち に 来ます。

hi.ru. no. u.chi. ni. ki.ma.su.

he嚕 no 烏漆 你 key媽思

- -

ふ

| 羅馬拼音 | fu | 中文式發音 | 夫 |

説　明

源自漢字「不」的草書字體。念法和中文裡的「夫」相同。

實用單字

ふたり	兩個人
夫他哩	fu.ta.ri.

ふつう	平常／普通
夫此一	fu.tsu.u.

ふね	船
夫內	fu.ne.

ふゆ	冬天
夫瘀	fu.yu.

ふるい	舊的
夫嚕衣	fu.ru.i.

ふとん	棉被
夫偷嗯	fu.to.n.

● 平假名篇 ひらがな

● 片假名篇 かたかな

● 促音・長音篇

應用短句

♣ 兩個人一起去。

二人 で 行きます。

fu.ta.ri. de. i.ki.ma.su.

夫他哩 爹 key媽思

♣ 坐船。

船 に 乗ります。

fu.ne. ni. no.ri.ma.su.

夫內 你 no哩媽思

♣ 冬天很冷。

冬 は 寒い です。

fu.yu. wa. sa.mu.i. de.su.

夫瘀 哇 撒母衣 爹思

♣ 舊的時鐘。

古い 時計 です。

fu.ru.i. to.ke.i. de.su.

夫嚕衣 偷開一 爹思

♣ 疊棉被。

布団 を たたみます。

fu.to.n. o. ta.ta.mi.ma.su.

夫偷嗯 喔 他他咪媽思

へ	
羅馬拼音	**he**
中文式發音	嘿

説 明

源自漢字「部」的草書字體。念法和中文裡的「嘿」相同。當「へ」在句子中放在地點、方向後當作助詞用時，念作「せ」。

實用單字

へた	不拿手／不好的
嘿他	he.ta.

へや	房間
嘿呀	he.ya.

へいわ	和平
嘿一哇	he.i.wa.

へん	奇怪
嘿嗯	he.n.

へび	蛇
嘿逼	he.bi.

へそ	肚臍
嘿搜	he.so.

● 平假名篇 ひらがな

● 片假名篇 かたかな

● 促音・長音篇

應用短句

♣ 很爛的謊話。

下手 な うそ です。

he.ta. na. u.so. de.su.

嘿他 拿 烏搜 爹思

♣ 房間很大。

部屋 が ひろい です。

he.ya. ga. hi.ro.i. de.su.

嘿呀 嘎 he捜衣 爹思

♣ 和平的世界。

平和 な 世界 です。

he.i.wa. na. se.ka.i. de.su.

嘿一哇 拿 誰咖衣 爹思

♣ 奇怪的人。

変 な 人 です。

he.n. na. hi.to. de.su.

嘿嗯 拿 he偷 爹思

豆知識

日本人常說「へ～」來表示對一件事感到驚訝、恍
然大悟的意思，類似中文裡的「有這種事啊」。

ほ

| 羅馬拼音 | **ho** | 中文式發音 | 吼 |

説　明

源自漢字「保」的草書字體。念法和中文裡的「吼」相同。

實用單字

ほし	星星
吼吸	ho.shi.

ほしい	想要
吼吸—	ho.shi.i.

ほん	書
吼嗯	ho.n.

ほそい	細的／瘦的
吼搜衣	ho.so.i.

ほんとうに	真的／非常
吼嗯偷—你	ho.n.to.u.ni.

ほか	其他
吼咖	ho.ka.

ほうりつ	法律
吼—哩此	ho.u.ri.tsu.

● 平假名篇 ひらがな

● 片假名篇 かたかな

● 促音・長音篇

應用短句

♣ 有星星。

星 が あります。

ho.shi. ga. a.ri.ma.su.

吼吸　嘎　阿哩媽思

- -

♣ 買書。

本 を 買います。

ho.n. o. ka.i.ma.su.

吼嗯　喔　咖衣媽思

- -

♣ 細皮帶。

細い ベルト です。

ho.so.i. be.ru.to. de.su.

吼搜衣　背嚕偷　爹思

- -

♣ 真的很熱。

本当に 暑い です。

ho.n.to.u.ni. a.tsu.i. de.su.

吼嗯偷一你　阿此衣　爹思

- -

♣ 還有其他的嗎？

他 に あります か。

ho.ka. ni. a.ri.ma.su. ka.

吼咖　你　阿哩媽思　咖

- -

ま		
羅馬拼音	**ma** 中文式發音	媽

説　明

源自漢字「末」的草書字體。念法和中文裡的「媽」相同。

實用單字

まえ	前面
媽せ	ma.e.

まるい	圓的
媽嚕衣	ma.ru.i.

まわり	周圍
媽哇哩	ma.wa.ri.

また	又
媽他	ma.ta.

まいにち	每天
媽衣你漆	ma.i.ni.chi.

まち	街道／市鎮
媽漆	ma.chi.

應用短句

♣ 在前面。

前 に あります。
ma.e. ni. a.ri.ma.su.
媽せ 你 阿哩媽思

♣ 圓鏡子。

丸い 鏡 です。
ma.ru.i. ka.ga.mi. de.su.
媽嚕衣 咖嘎咪 爹思

♣ 周遭人的意見。

周り の 人 の 意見 です。
ma.wa.ri. no. hi.to. no. i.ke.n. de.su.
媽哇哩 no he偷 no 衣開嗯 爹思

♣ 又遲到。

また 遅刻 です。
ma.ta. chi.ko.ku. de.su.
媽他 漆口哭 爹思

♣ 每天都運動。

毎日 運動 します。
ma.i.ni.chi. u.n.do.u. shi.ma.su.
媽衣你漆 烏嗯兜一 吸媽思

豆知識

「また」是「再次」的意思。「まだ」是「還沒」
的意思。兩個字只差一個濁音，但是聽起來很像，
使用上要小心。

み

| 羅馬拼音 | **mi** | 中文式發音 | 咪 |

● 平假名篇 ひらがな

● 片假名篇 かたかな

● 促音、長音篇

説 明

源自漢字「美」的草書字體。念法和中文裡的「咪」相同。

實用單字

| みかん | 柑橘 |
| 咪咖嗯 | mi.ka.n. |

| みせ | 店 |
| 咪誰 | mi.se. |

| みな | 大家 |
| 咪拿 | mi.na. |

| みち | 道路 |
| 咪漆 | mi.chi. |

| みみ | 耳朵 |
| 咪咪 | mi.mi. |

| みず | 水 |
| 咪資 | mi.zu. |

MP3 037

應用短句

♣ 吃柑橘。

みかん を 食べます。

mi.ka.n. o. ta.be.ma.su.

咪咖嗯 喔 他背媽思

♣ 大家的朋友。

みな の 友達 です。

mi.na. no. to.mo.da.chi. de.su.

咪拿 no 偷謀搭漆 爹思

♣ 道路很寬廣。

道 が 広い です。

mi.chi. ga. hi.ro.i. de.su.

咪漆 嘎 he 摟衣 爹思

♣ 耳朵很癢。

耳 が 痒い です。

mi.mi. ga. ka.yu.i. de.su.

咪咪 嘎 咖瘀衣 爹思

♣ 喝水。

水 を 飲みます。

mi.zu. o. no.mi.ma.su.

咪資 喔 no咪媽思

む

| 羅馬拼音 | **mu** | 中文式發音 | 母 |

説　明

源自漢字「武」的草書字體。念法和中文裡的「母」相同。

平假名篇 ひらがな

片假名篇 かたかな

促音、長音篇

實用單字

むり	不可能／不行
母哩	mu.ri.

むかし	以前
母咖吸	mu.ka.shi.

むね	胸
母內	mu.ne.

むすこ	兒子
母思口	mu.su.ko.

むすめ	女兒
母思妹	mu.su.me.

むし	蟲
母吸	mu.shi.

應用短句

♣ 勉強去做。

無理 に します。
mu.ri. ni. shi.ma.su.
母哩 你 吸媽思

♣ 古老的故事。

昔 の 話 です。
mu.ka.shi. no. ha.na.shi. de.su.
母咖吸 no 哈拿吸 爹思

♣ 抬頭挺胸

胸 を 張ります。
mu.ne. o. ha.ri.ma.su.
母內 喔 哈哩媽思

♣ 有兒子。

息子 が います。
mu.su.ko. ga. i.ma.su.
母思口 嘎 衣媽思

♣ 女兒很漂亮。

娘 は きれい です。
mu.su.me. wa. ki.re.i. de.su.
母思妹 哇 key勒— 爹思

豆知識

在日文裡，要表示絕對不可能做到，就說「無理」。

め

| 羅馬拼音 | **me** | 中文式發音 | 妹 |

● 平假名篇 ひらがな

片假名篇 かたかな

促音、長音篇

説　明

源自漢字「女」的草書字體。念法和中文裡的「妹」相同。

實用單字

めいし	名片
妹一吸	me.i.shi.

め	眼睛
妹	me.

めん	麵
妹嗯	me.n.

めんたいこ	明太子（醃鱈魚子）
妹嗯他衣口	me.n.ta.i.ko.

めいれい	命令
妹一勒一	me.i.re.i.

めめしい	娘娘腔
妹妹吸一	me.me.shi.i.

應用短句

♣ 拿到名片。

名刺 を もらいます。

me.i.shi. o. mo.ra.i.ma.su.

妹一吸　喔　謀啦衣媽思

♣ 閉上眼。

目 を 閉じます。

me. o. to.ji.ma.su.

妹　　喔　偷基媽思

♣ 煮麵。

めん を ゆでます。

me.n. o. yu.de.ma.su.

妹嗯　喔　瘀爹媽思

♣ 吃明太子。

明太子 を 食べます。

me.n.ta.i.ko. o. ta.be.ma.su.

妹嗯他衣口　喔　他背媽思

♣ 下命令。

命令 します。

me.i.re.i. shi.ma.su.

妹一勒一　吸媽思

も

| 羅馬拼音 | **mo** | 中文式發音 | 謀 |

説　明

源自漢字「毛」的草書字體。念法和中文裡的「謀」相同。

實用單字

もも	桃子
謀謀	mo.mo.

もの	東西
謀no	mo.no.

もっと	再／更
謀・偷	mo.tto.

もう	已經
謀一	mo.u.

もくてき	目的
謀哭貼key	mo.ku.te.ki.

もちろん	當然
謀漆摟嗯	mo.chi.ro.n.

● 平假名篇 ひらがな

● 片假名篇 かたかな

● 促音・長音篇

應用短句

♣ 吃桃子。

桃 を 食べます。

mo.mo. o. ta.be.ma.su.

謀謀　喔　他背媽思

♣ 買東西。

物 を 買います。

mo.no. o. ka.i.ma.su.

謀no　喔　咖衣媽思

♣ 想更進一步知道。

もっと 知り たい です。

mo.tto. shi.ri. ta.i. de.su.

謀・偷　吸哩　他衣　爹思

♣ 已經辦不到了。

もう できません。

mo.u. de.ki.ma.se.n.

謀－　爹key媽誰嗯

♣ 達到目標。

目的 を 達成 します。

mo.ku.te.ki. o. ta.sse.i. shi.ma.su.

謀哭貼key　喔　他・誰－　吸媽思

♣ 當然。

もちろん です。

mo.chi.ro.n. de.su.

謀漆摟嗯　爹思

豆知識

桃太郎的日文是「ももたろう」。

| 羅馬拼音 | **ya** | 中文式發音 | 呀 |

說　明

源自漢字「也」的草書字體。念法和中文裡的「呀」相同。

實用單字

やくそく	約定
呀哭搜哭	ya.ku.so.ku.

やさい	蔬菜
呀撒衣	ya.sa.i.

やすい	便宜
呀思衣	ya.su.i.

やさしい	溫柔／簡單
呀撒吸一	ya.sa.shi.i.

やすみ	休息／休假
呀思咪	ya.su.mi.

やま	山
呀媽	ya.ma.

● 平假名篇 ひらがな

● 片假名篇 かたかな

● 促音、長音篇

應用短句

♣ 遵守約定。

約束 を 守ります。

ya.ku.so.ku. o. ma.mo.ri.ma.su.

呀哭搜哭 喔 媽謀哩媽思

♣ 種蔬菜。

野菜 を 植えます。

ya.sa.i. o. u.e.ma.su.

呀撒衣 喔 烏せ媽思

♣ 便宜的東西。

安い もの です。

ya.su.i. mo.no. de.su.

呀思衣 謀no 爹思

♣ 溫柔的人。

やさしい 人 です。

ya.sa.shi.i. hi.to. de.su.

呀撒吸— he偷 爹思

♣ 登山。

山 に 登ります。

ya.ma. ni. no.bo.ri.ma.su.

呀媽 你 no玻哩媽思

ゆ

羅馬拼音	**yu**	中文式發音	瘀

● 平假名篇 ひらがな

● 片假名篇 かたかな

● 促音・長音篇

説　明

源自漢字「由」的草書字體。念法近中文裡的
「瘀」字，音同「ㄧㄩ」。

實用單字

ゆっくり	慢慢的／悠閒的
瘀・哭哩	yu.kku.ri.

ゆび	手指
瘀逼	yu.bi.

ゆき	雪
瘀key	yu.ki.

ゆめ	夢
瘀妹	yu.me.

ゆ	溫泉／熱水
瘀	yu.

ゆびわ	戒指
瘀逼哇	yu.bi.wa.

應用短句

♣慢慢吃。

ゆっくり　食(た)べます。

yu.kku.ri.　ta.be.ma.su.

瘀・哭哩　他背媽思

♣下雪。

雪(ゆき)　が　降(ふ)ります。

yu.ki.　ga.　fu.ri.ma.su.

瘀key　嘎　夫哩媽思

♣做夢。

夢(ゆめ)　を　見(み)ます。

yu.me.　o.　mi.ma.su.

瘀妹　喔　咪媽思

♣熱水冷了。

お湯(ゆ)　が　冷(さ)めます。

o.yu.　ga.　sa.me.ma.su.

歐瘀　嘎　撒妹媽思

♣拿到戒指。

指輪(ゆびわ)　を　もらいます。

yu.bi.wa.　o.　mo.ra.i.ma.su.

瘀逼哇　喔　謀啦衣媽思

豆知識

在日本，熱水叫做「おゆ」，漢字是「お湯」；而溫泉水也是「お湯」。所以在溫泉入口處的布簾上，會寫著很大的一個「ゆ」字。

よ	
羅馬拼音 **yo**	中文式發音 優

説　明

源自漢字「與」的草書字體。念法和中文裡的「優」相同。

實用單字

よやく	預約
優呀哭	yo.ya.ku.

よかった	太好了／好險
優咖・他	yo.ka.tta.

よる	晚上
優嚕	yo.ru.

よてい	預定
優貼－	yo.te.i.

ようす	樣子
優－思	yo.u.su.

よわい	弱的
優哇衣	yo.wa.i.

● 平假名篇 ひらがな

● 片假名篇 かたかな

● 促音、長音篇

應用短句

♣ 預約。

予約 します。

yo.ya.ku. shi.ma.su.

優呀哭　吸媽思

♣ 太好了，趕上了。

よかった 、間 に 合った。

yo.ka.tta. ma. ni. a.tta.

優咖·他　媽　你　阿·他

♣ 晚上一點。

よる の 一時 です。

yo.ru. no. i.chi.ji. de.su.

優嚕　no　衣漆基　參思

♣ 有事。

予定 が あります。

yo.te.i. ga. a.ri.ma.su.

優貼一　嘎　阿哩媽思

♣ 不太會喝酒。

酒 に 弱い です。

sa.ke. ni. yo.wa.i. de.su.

撒開　你　優哇衣　參思

豆知識

中文裡的「好險！」「還好！」，在日文就說「よ
かった」，表示有驚無險。

ら		
羅馬拼音	**ra**	中文式發音 啦

説　明

源自漢字「良」的草書字體。念法和中文裡的「啦」相同。

實用單字

らいねん	明年
啦衣內嗯	ra.i.ne.n.

らく	輕鬆
啦哭	ra.ku.

らくせい	落成
啦哭誰一	ra.ku.se.n.

らくだ	駱駝
啦哭搭	ra.ku.da.

らくてん	樂觀的／樂天
啦哭貼嗯	ra.ku.te.n.

● 平假名篇 ひらがな

● 片假名篇 かたかな

● 促音・長音篇

應用短句

♣ 明年要去。

来年　行きます。

ra.i.ne.n.　i.ki.ma.su.

啦衣内嗯　衣key媽思

♣ 變輕鬆。

楽　に　なります。

ra.ku.　ni.　na.ri.ma.su.

啦哭　你　拿哩媽思

♣ 落成。

落成　します。

ra.ku.se.i.　shi.ma.su.

啦哭誰－　吸媽思

♣ 養駱駝。

らくだ　を　飼います。

ra.ku.da.　o.　ka.i.ma.su.

啦哭搭　喔　咖衣媽思

豆知識

日本的樂天拍賣，就念成「らくてん」。

り

| 羅馬拼音 | **ri** | 中文式發音 | 哩 |

説　明

源自漢字「利」的草書字體。念法和中文裡的「哩」相同。

實用單字

りんご 哩嗯狗	蘋果 ri.n.go.
りよう 哩優－	利用 ri.yo.u.
りこん 哩口嗯	離婚 ri.ko.n.
りきし 哩key吸	相撲選手／力士 ri.ki.shi.
りか 哩咖	理科 ri.ka.
りかい 哩咖衣	理解 ri.ka.i.

● 平假名篇 ひらがな

片假名篇 かたかな

促音・長音篇

MP3 045

應用短句

♣ 蘋果是圓的。

りんご は 丸い です。
ri.n.go. wa. ma.ru.i. de.su.
哩嗯狗 哇 媽嚕衣 爹思

♣ 利用。

利用 します。
ri.yo.u. shi.ma.su.
哩優一 吸媽思

♣ 離婚。

離婚 します。
ri.ko.n. shi.ma.su.
哩口嗯 吸媽思

♣ 理科不拿手。

理科 が 苦手 です。
ri.ka. ga. ni.ga.te. de.su.
哩咖 嘎 你嘎貼 爹思

♣ 不能理解。

理解 できません。
ri.ka.i. de.ki.ma.se.n.
哩咖衣 爹key媽誰嗯

豆知識

蘋果的閩南語，念法和日語的「りんご」相同。

る		
羅馬拼音	**ru**	中文式發音　嚕

說　明

源自漢字「留」的草書字體。念法和中文裡的「嚕」相同。

平假名篇 ひらがな

片假名篇 かたかな

促音、長音篇

實用單字

るす	不在
嚕思	ru.su.

るすばん	看家
嚕思巴嗯	ru.su.ba.n.

るり	琉璃
嚕哩	ru.ri.

るんるん	很清爽／神清氣爽
嚕嗯嚕嗯	ru.n.ru.n.

るいせん	淚腺
嚕衣誰嗯	ru.i.se.n.

應用短句　　　　　　　　　　　　　046

♣不在。

留守中	です。
ru.su.chu.u.	de.su.
嚕思去ー	爹思

♣ 看家。

留守番 を します。
ru.su.ba.n. o. shi.ma.su.
嚕思巴嗯 喔 吸媽思

豆知識

用日文玩文字接龍時，最難接的應該就是「る」這個字吧，這個字開頭的多半都是外來語，可以查查字典看有哪些字可以用。

MP3 046

れ		
羅馬拼音	**re**	中文式發音　勒

説　明

源自漢字「礼」的草書字體。念法和中文裡的「勒住脖子」的「勒」（ㄌㄟ）相同。

實用單字

れい	例子
勒一	re.i.

れいぞうこ	冰箱
勒一走一ロ	re.i.zo.u.ko.

れきし	歷史
勒key吸	re.ki.shi.

れんらく	聯絡
勒嗯啦哭	re.n.ra.ku.

れつ	列／隊伍
勒此	re.tsu.

れんこん	蓮藕
勒嗯口嗯	re.n.ko.n.

應用短句

🎵 047

♣ 舉例。

例 を 挙げます。
re.i. o. a.ge.ma.su.
勒一 喔 阿給媽思

♣ 放進冰箱。

冷蔵庫 に 入れます。
re.i.zo.u.ko. ni. i.re.ma.su.
勒一走一口 你 衣勒媽思

♣ 喜歡歷史。

歷史 が 好き です。
re.ki.shi. ga. su.ki. de.su.
勒key吸 嘎 思key 爹思

♣ 取得連絡。

連絡 を 取ります。
re.n.ra.ku. o. to.ri.ma.su.
勒嗯啦哭 喔 偷哩媽思

♣排隊。

列 に 並びます。

re.tsu. ni. na.ra.bi.ma.su.

勒此 你 拿啦逼媽思

豆知識

日本的名店通常都需要排隊，而日本人也很習慣排隊，不管是開店前的百貨，還是有名的店家前，總是會見到人們大排長龍。

🔊 047

ろ			
羅馬拼音	**ro**	中文式發音	摟

説　明

源自漢字「呂」的草書字體。念法和中文裡的「摟」相同。

實用單字

ろうか	走廊
摟一咖	ro.u.ka.

ろく	六
摟哭	ro.ku.

ろうそく	蠟燭
摟一摟哭	ro.u.so.ku.

ろしゅつ	露出
摟噓此	ro.shu.tsu.

ろせん	路線
摟誰嗯	ro.se.n.

ろてん	露天
摟貼嗯	ro.te.n.

應用短句

♣ 在走廊上走。　　　　　　　　　　　　　🎧 048

廊下　　を　歩きます。
ro.u.ka.　o.　a.ru.ki.ma.su.
摟一咖　喔　阿嚕key媽思

- -

♣ 六點以前交。

六時　　までに　　出します。
ro.ku.ji.　ma.de.ni.　da.shi.ma.su.
摟哭基　媽爹你　搭吸媽思

- -

♣ 蠟燭熄了。

ろうそく　が　消えます。
ro.u.so.ku.　ga.　ki.e.ma.su.
摟一搜哭　嘎　keyせ媽思

- -

♣ 畫路線圖。

路線図　　を　描きます。
ro.se.n.zu.　o.　ka.ki.ma.su.
摟誰嗯資　喔　咖key媽思

- -

♣ 泡露天溫泉。

露天風呂　に　入ります。

ro.te.n.bu.ro.　ni.　ha.i.ri.ma.su.

摟貼嗯捕摟　你　哈衣哩媽思

 048

わ		
羅馬拼音	**wa**	中文式發音　哇

説　明

源自漢字「輪」的草書字體。念法和中文裡的「哇」相同。

實用單字

わたし	我
哇他吸	wa.ta.shi.

わるい	不好的
哇嚕衣	wa.ru.i.

わかい	年輕的
哇咖衣	wa.ka.i.

わすれもの	遺失物
哇思勒謀no	wa.su.re.mo.no.

わな	陷阱
哇拿	wa.na.

わき	腋下
哇key	wa.ki.

應用短句

🎧 049

♣ 我來做。

私 が やります。

wa.ta.shi. ga. ya.ri.ma.su.

哇他吸 嘎 呀哩媽思

♣ 壞人。

悪い やつ です。

wa.ru.i. ya.tsu. de.su.

哇嚕衣 呀此 爹思

♣ 年輕人。

若い 人 です。

wa.ka.i. hi.to. de.su.

哇咖衣 he倫 爹思

♣ 有沒有遺失物。

忘れ物 は ありません か。

wa.su.re.mo.no. wa. a.ri.ma.se.n. ka.

哇思勒謀no 哇 阿哩媽誰嗯 咖

♣ 有陷阱。

わな が あります。

wa.na. ga. a.ri.ma.su.

哇拿 嘎 阿哩媽思

を			
羅馬拼音	o	中文式發音	喔

説 明

源自漢字「遠」的草書字體。念法和中文裡的「喔」相同。當助詞，不獨立使用。

ん			
羅馬拼音	n	中文式發音	嗯

説 明

源自漢字「无」的草書字體。念法和中文裡的「嗯」相同。出現在單字字尾，不單獨使用。

• 102

Part 2 濁音

が

| 羅馬拼音 | **ga** | 中文式發音 | 嘎 |

說 明

源自平假名「か」，再加上濁點記號「 ゛ 」。
念法和中文裡的「嘎」相同。

實用單字

がいこく	外國
嘎衣口哭	ga.i.ko.ku.

がっこう	學校
嘎・ロー	ga.kko.u.

がっかり	失望
嘎・咖哩	ga.kka.ri.

應用短句

♣ 去國外。

外国　　　へ　行きます。
ga.i.ko.ku.　e.　i.ki.ma.su.
嘎衣口哭　せ　衣key媽思

♣ 失望。

がっかり　します。
ga.kka.ri.　shi.ma.su.
嘎・咖哩　吸媽思

ぎ		
羅馬拼音	**gi**	中文式發音 個衣

説 明

源自平假名「き」,再加上濁點記號「゛」。
由於中文、英文裡都沒有類似發音的字,因此
用「個衣」兩個字,念法為「ㄍㄧ」。

實用單字

ぎじゅつ	技術
個衣居此	gi.ju.tsu.

ぎんこう	銀行
個衣嗯ロー	gi.n.ko.u.

ぎいん	議員
個衣一嗯	gi.i.n.

應用短句

♣ 磨練技術。

ぎじゅつ を 磨きます。
gi.ju.tsu.　o.　mi.ga.ki.ma.su.
個衣居此　喔　咪嘎key媽思

- -

♣ 去銀行。

銀行 へ 行きます。
gi.n.ko.u.　e.　i.ki.ma.su.
個衣嗯ロー　せ　衣key媽思

- -

ぐ

| 羅馬拼音 | **gu** | 中文式發音 | 古 |

説 明

源自平假名「く」，再加上濁點記號「ﾞ」。
念法和中文裡的「古」相同。

實用單字

| ぐうぜん | 偶然 |
| 古一賊嗯 | gu.u.ze.n. |

| ぐう | 石頭／猜拳時出的石頭 |
| 古一 | gu.u. |

| ぐうげん | 寓言 |
| 古一給嗯 | gu.u.ge.n. |

應用短句

♣ 偶然遇到。

偶然　　　に　会います。
gu.u.ze.n.　ni.　a.i.ma.su.
古一賊嗯　你　阿衣媽思

♣ 出石頭。

ぐう　を　出します。
gu.u.　o　da.shi.ma.su.
古一　喔　搭吸媽思

げ

羅馬拼音	**ge**	中文式發音	給

説　明

源自平假名「け」，再加上濁點記號「゛」。
念法和中文裡的「給」相同。

實用單字

げつようび	星期一
給此優一遍	ge.tsu.yo.u.bi.

げんき	有精神
給嗯key	ge.n.ki.

げんきん	現金
給嗯key嗯	ge.n.ki.

應用短句

♣ 星期一要開會。

月曜日　　　に　会議　　が　あります。
ge.tsu.yo.u.bi.　ni.　ka.i.gi.　ga.　a.ri.ma.su.
給此優一遍　　你　咖衣個衣　嘎　阿哩媽思

♣ 你好嗎？

お元気　　です　か。
o.ge.n.ki.　de.su.　ka.
歐給嗯key 爹思　咖

ご

| 羅馬拼音 | **go** | 中文式發音 | 狗 |

説　明

源自平假名「こ」，再加上濁點記號「　゛」。
念法和中文裡的「狗」相同。

實用單字

ご	五
狗	go.

ごはん	飯／餐
狗哈嗯	go.ha.n.

ごめん	對不起
狗妹嗯	go.me.n.

ごちそうさま	我吃飽了／謝謝招待
狗漆搜一撒媽	go.chi.so.u.sa.ma.

應用短句

♣ 對不起。

ごめんなさい。
go.me.n.na.sa.i.
狗妹嗯拿撒衣

● 平假名篇 ひらがな

● 片假名篇 かたかな

● 促音、長音篇

ざ		
羅馬拼音	**za**	中文式發音　紫

説　明

源自平假名「さ」，再加上濁點記號「゛」。
念法和中文裡的「紫」相同。

實用單字

ざんねん	可惜
紫嗯內嗯	za.n.ne.n.

ざんぎょう	加班
紫嗯哥優―	za.n.gyo.u.

ざっし	雜誌
紫・吸	za.sshi.

應用短句

♣可惜的事。

残念 　　です。
za.n.ne.n.　de.su.
紫嗯內嗯　爹思
- -

♣加班。

残業 　　します。
za.n.gyo.u.　shi.ma.su.
紫嗯哥優―　吸媽思
- -

じ

| 羅馬拼音 | ji | 中文式發音 | 基 |

説明

源自平假名「し」，再加上濁點記號「 ゛ 」。
念法和中文裡的「基」相同。

實用單字

| じぶん | 自己 |
| 基捕嗯 | ji.bu.n. |

| じかん | 時間 |
| 基咖嗯 | ji.ka.n. |

| じてんしゃ | 腳踏車 |
| 基貼嗯瞎 | ji.te.n.sha. |

應用短句

♣浪費時間。

時間 の 無駄 です。
ji.ka.n. no. mu.da. de.su.
基咖嗯 no 母搭 爹思

♣騎車。

自転車 に 乗ります。
ji.te.n.sha. ni. no.ri.ma.su.
基貼嗯瞎 你 no哩媽思

平假名篇 ひらがな

片假名篇 かたかな

促音・長音篇

ず

| 羅馬拼音 | **zu** | 中文式發音 | 資 |

説　明

源自平假名「す」，再加上濁點記號「　゛　」。
念法和中文裡的「資」相同。

實用單字

ずっと	一直
資・偷	zu.tto.

ず	圖
資	zu.

ずいぶん	非常/很多
資衣捕嗯	zu.i.bu.n.

應用短句

♣ 一直在一起。

ずっと　一緒に　います。
zu.tto.　i.ssho.ni.　i.ma.su.
資・偷　衣・休你　衣媽思

- - - - - - - - - - - - - - - - - - - -

♣ 畫圖。

図　を　描きます。
zu.　o.　ka.ki.ma.su.
資　喔　咖key媽思

- - - - - - - - - - - - - - - - - - - -

ぜ

羅馬拼音	**ze**	中文式發音	賊

説　明

源自平假名「せ」，再加上濁點記號「〞」。
念法和中文裡的「賊」相同。

實用單字

ぜったい	絕對
賊・他衣	ze.tta.i.

ぜんぶ	全部
賊嗯捕	ze.n.bu.

ぜんぜん	毫不
賊嗯賊嗯	ze.n.ze.n.

應用短句

♣ 絕對不去。

絕対	に	行きません。
ze.tta.i.	ni.	i.ki.ma.se.n.
賊・他衣	你	衣key媽誰嗯

♣ 全部都做好了。

全部	やりました。
ze.n.bu.	ya.ri.ma.shi.ta.
賊嗯捕	呀哩媽思

ぞ

羅馬拼音	**ZO**	中文式發音	走

説明

源自平假名「そ」，再加上濁點記號「゛」。
念法和中文裡的「走」相同。

實用單字

ぞう	大象
走一	zo.u.

ぞっと	毛骨悚然
走・偷	zo.tto.

ぞうきん	抹布
走一key嗯	zo.u.ki.n.

應用短句

♣ 大象鼻子長。

ぞう	は	鼻	が	長い	です。
zo.u.	wa.	ha.na.	ga.	na.ga.i.	de.su.
走一	哇	哈拿	嘎	拿嘎衣	爹思

♣ 令人毛骨悚然的故事。

ぞっと	する	話	です。
zo.tto.	su.ru.	ha.na.shi.	de.su.
走・偷	思嚕	哈拿吸	爹思

だ

| 羅馬拼音 | **da** | 中文式發音 | 搭 |

説　明

源自平假名「た」，再加上濁點記號「゛」。
念法和中文裡的「搭」相同。

實用單字

| だいがく | 大學 |
| 搭衣嘎哭 | da.i.ga.ku. |

| だめ | 不行 |
| 搭妹 | da.me. |

| だれ | 誰 |
| 搭勒 | da.re. |

應用短句

♣大學畢業。

大学　　を　卒業　　　します。
sa.i.ga.ku.　o.　so.tsu.gyo.u.　shi.ma.su.
搭衣嘎哭　喔　搜此哥優一　吸媽思

平假名篇 ひらがな

片假名篇 かたかな

促音・長音篇

ぢ

| 羅馬拼音 | **ji** | 中文式發音 | 基 |

說　明

源自平假名「ち」，再加上濁點記號「゛」。
念法和中文裡的「基」相同。現代詞語中幾乎
都被「じ」所取代，兩者念法也幾乎相同。通
常在兩個「ち」連用時，第二個「ち」就念成
「ぢ」，如：ちぢむ。或是當兩個詞語合在一
起的複合語時，後面的詞首字為「ち」時，就
念成「ぢ」，如：はな（鼻）和ぢ（血）合成
的はなぢ一詞。

實用單字

ちぢむ	縮
漆基母	chi.ji.mu.

はなぢ	鼻血
哈拿基	ha.na.ji.

そこぢから	潛力
搜口基咖啦	so.ko.ji.ka.ra.

いれぢえ	旁人出主意
衣勒基せ	i.re.ji.e.

みぢか	身旁的
咪基咖	mi.ji.ka.

應用短句

♣ 洗了也不會縮水。

洗濯　　　　しても　　縮みません。
se.n.ta.ku.　shi.te.mo.　chi.ji.mi.ma.se.n.
誰嗯他咒　　吸貼謀　　漆基咪媽誰嗯

♣ 流鼻血。

鼻血　　　が　　出ます。
ha.na.ji.　ga.　de.ma.su.
哈拿基　　嘎　　爹媽思

豆知識

「じ、ぢ、ず、づ」這四個假名，在日本稱為
「四つ仮名」。在日本的室町時代中期之前，這四
個假名分別念成 zi、di、zu、du。但是到了室町時
代後期到江戶時代前期之間，「じ」和「ぢ」；
「ず」和「づ」的發音就漸趨相同，一直沿用到現
在；但發音雖然相同，寫法卻有所區別。

●平假名篇 ひらがな

●片假名篇 かたかな

●促音、長音篇

づ

| 羅馬拼音 | **zu** | 中文式發音 | 資 |

説 明

源自平假名「つ」，再加上濁點記號「゛」。念法和中文裡的「資」相同。現代詞語中幾乎都被「ず」所取代，兩字念法也幾乎相同。通常在兩個「つ」連用時，第二個「つ」就念成「づ」，如：つづみ。或是當兩個詞語合在一起的複合語時，後面的詞首字為「つ」時，就念成「づ」，如：て（手）和つくり（製作）合成的てづくり一詞。

實用單字

| つづき | 繼續 |
| 此資key | tsu.zu.ki. |

| てづくり | 手工製 |
| 貼資哭哩 | te.zu.ku.ri. |

| みかづき | 弦月 |
| 咪咖資key | mi.ka.zu.ki. |

| ちからづよい | 力量大 |
| 漆咖啦資優衣 | chi.ka.ra.zu.yo.i. |

| やりづらい | 很難做 |
| 呀哩資啦衣 | ya.ri.zu.ra.i. |

こづかい	零用錢
口資咖衣	ko.zu.ka.i.

つねづね	常常
此內資內	tsu.ne.zu.ne.

應用短句

♣ 請聽下去。

続き	を	聞いて	ください。
tsu.zu.ki.	o.	ki.i.te.	ku.da.sa.i.
此資key	喔	key－貼	哭搭撒衣

- -

♣ 手工蛋糕。

手作り	の	ケーキ	です。
te.zu.ku.ri.	no.	ke.e.ki.	de.su.
貼資哭哩	no	開－key	爹思

- -

で

| 羅馬拼音 | **de** | 中文式發音 | 爹 |

説明

源自平假名「て」，再加上濁點記號「゛」。
念法為「ㄉㄝ」，音近中文裡的「爹」。

實用單字

でんわ	電話
爹嗯哇	de.n.wa.

でも	可是
爹謀	de.mo.

でんき	電燈／電氣
爹嗯key	de.n.ki.

應用短句

♣ 打電話。

電話	を	かけます。
de.n.wa.	o.	ka.ke.ma.su.
爹嗯哇	喔	咖開媽思

♣ 關燈。

電気	を	消します。
de.n.ki.	o.	ke.shi.ma.su.
爹嗯key	喔	開吸媽思

ど

羅馬拼音	**do**	中文式發音	兜

説明

源自平假名「と」，再加上濁點記號「　゛」。
念法和中文裡的「兜」相同。

● 平假名篇 ひらがな

● 片假名篇 かたかな

● 促音、長音篇

實用單字

どこ	在哪／哪裡
兜ロ	do.ko.

どうも	你好／謝謝
兜一謀	do.u.mo.

どうぶつ	動物
兜一捕此	do.u.bu.tsu.

應用短句

♣（兩個之中）喜歡哪一個？

どっち	が	好き	です	か。
do.cchi.	ga.	su.ki.	de.su.	ka.
兜・漆	嘎	思key	爹思	咖

♣ 請坐。

どうぞ、	お座り	ください。
do.u.zo.	o.su.wa.ri.	ku.da.sa.i.
兜一走	喔思哇哩	哭搭撒衣

ば	
羅馬拼音 **ba**	中文式發音 巴

說　明

源自平假名「は」，再加上濁點記號「゛」。
念法和中文裡的「巴」相同。

實用單字

ばんごう	號碼
巴嗯狗ー	ba.n.go.u.

ばんぐみ	節目
巴嗯古咪	ba.n.gu.mi.

ばしょ	地方／場地
巴休	ba.sho.

應用短句

♣ 請告訴我（電話）號碼。

番号	を	教えて	ください。
ba.n.go.u.	o.	o.shi.e.te.	ku.da.sa.i.
巴嗯狗ー	喔	歐西世貼	哭搭撒衣

♣ 看節目。

番組	を	見ます。
ba.n.gu.mi.	o.	mi.ma.su.
巴嗯古咪	喔	咪媽思

び

羅馬拼音	**bi**	中文式發音	逼

說　明

源自平假名「ひ」，再加上濁點記號「゛」。
念法和中文裡的「逼」相同。

實用單字

びっくり	嚇一跳
逼・哭哩	bi.kku.ri.

びみょう	微妙／難以形容
逼咪優－	bi.myo.u.

びよういん	美容院
逼優－衣嗯	bi.yo.u.i.n.

應用短句

♣ 嚇一跳。

びっくり　しました。
bi.kku.ri.　shi.ma.shi.ta.
逼・哭哩　吸媽吸他

♣ 很難形容的反應。

微妙　な　反応　です。
bi.myo.u.　na.　ha.n.no.u.　de.su.
逼咪優－　拿　哈嗯no－　爹思

ぶ

| 羅馬拼音 | **bu** | 中文式發音 | 捕 |

説　明

源自平假名「ふ」，再加上濁點記號「゛」。
念法和中文裡的「捕」相同。

實用單字

| ぶちょう | 部長 |
| 捕秋一 | bu.cho.u. |

| ぶかつ | 高中的社團活動 |
| 捕咖此 | bu.ka.tsu. |

| ぶんか | 文化 |
| 捕嗯咖 | bu.n.ka. |

應用短句

♣部長叫你（我）。

部長	が	呼びます。
bu.cho.u.	ga	yo.bi.ma.su.
捕秋一	嘎	優逼媽思

- -

♣社團活動很開心。

部活	は	楽しい	です。
bu.ka.tsu.	wa	ta.no.shi.i.	de.su.
捕咖此	哇	他no吸一	爹思

べ

羅馬拼音	**be**	中文式發音	背

説明

源自平假名「へ」，再加上濁點記號「゛」。
念法和中文裡的「背」相同。

實用單字

べんり	方便
背嗯哩	be.n.ri.

べんきょう	用功／念書
背嗯哥優－	be.n.kyo.u.

べんとう	便當
背嗯偷－	be.n.to.u.

應用短句

♣ 分開付。

別々　　　　に　　払います。
be.tsu.be.tsu.　ni.　ha.ra.i.ma.su.
背此背此　　　你　　哈啦衣媽思

♣ 討厭念書。

勉強　　　が　　嫌い　　です。
be.n.kyo.u.　ga.　ki.ra.i.　de.su.
背嗯克優－　嘎　key啦衣　爹思

● 平假名篇 ひらがな

● 片假名篇 かたかな

● 促音・長音篇

ぼ

羅馬拼音	**bo**	中文式發音	玻

說　明

源自平假名「ほ」，再加上濁點記號「 ゛ 」。
念法和中文裡的「玻」相同。

實用單字

ぼうし	帽子
玻―吸	bo.u.shi.

ぼく	我（男性說法）
玻哭	bo.ku.

ぼうっと	發呆
玻―‧偷	bo.u.tto.

ぼうえき	貿易
玻―せkey	bo.u.e.ki.

ぼうねんかい	年終聯歡會
玻―內嗯咖衣	bo.u.ne.n.ka.i.

ぼんおどり	盂蘭盆會舞
玻嗯歐兜哩	bo.n.o.do.ri.

應用短句

♣ 戴帽子

帽子　　　を　かぶります。
bo.u.shi.　o.　ka.bu.ri.ma.su.
玻一吸　　喔　咖捕哩媽思

♣ 發呆。

ぼうっと　します。
bo.u.tto.　shi.ma.su.
玻一・偷　吸媽思

♣ 舉行忘年會。

忘年会　　　　を　　やりましょう。
bo.u.ne.n.ka.i.　o.　ya.ri.ma.sho.u.
玻一內嗯咖衣　喔　呀哩媽休一

豆知識

日本的「お盆」是祭祖的節日，以前是在農曆的七
月十五日，改成新曆後，則為新曆的八月十五日前
後。日本的公司會在這個時候放約一週的假期，稱
為「お盆休み」，人們會趁這段時間返鄉省親祭
祖，或是出遊。

● 平假名篇 ひらがな

● 片假名篇 かたかな

● 促音、長音篇

Part 3 半濁音

ぱ

羅馬拼音	**pa**	中文式發音	趴

説 明

源自平假名「は」，再加上半濁點記號「ﾟ」。念法和中文裡的「趴」相同。

實用單字

ぱくる	抄襲
趴哭嚕	pa.ku.ru.

ぱっちり	明亮
趴・漆哩	pa.cchi.ri.

ぱっと	突然／一下子
趴・偷	pa.tto.

應用短句

♣ 抄襲別人的作品。

人	の	作品	を	ぱくります。
hi.to.	no.	sa.ku.hi.n.	o.	pa.ku.ri.ma.su.
he偷	no	撒哭he嗯	喔	趴哭哩媽思

- -

♣ 睜開明亮的眼睛。

ぱっちり	と	目	を	開けます。
pa.cchi.ri.	to.	me.	o.	a.ke.ma.su.
趴・漆哩	偷	妹	喔	阿開媽思

ぴ

| 羅馬拼音 | **pi** | 中文式發音 | 披 |

說　明

源自平假名「ひ」，再加上半濁點記號「゜」。念法和中文裡的「披」相同。

實用單字

ぴりから	微辣
披哩咖啦	pi.ri.ka.ra.

ぴりっと	刺痛／撕破
披哩・偷	pi.ri.tto.

ぴかぴか	亮晶晶
披咖披咖	pi.ka.pi.ka.

應用短句

♣ 擦得很亮的鞋子。

ぴかぴか	に	磨かれた	靴	です。
pi.ka.pi.ka.	ni.	mi.ga.ka.re.ta.	ku.tsu.	de.su.
披咖披咖	你	咪嘎咖勒他	哭此	爹思

♣ 一隻老鼠。

一匹	の	ねずみ	です。
i.ppi.ki.	no.	ne.zu.mi.	de.su.
衣・披key	no	內資咪	爹思

ぷ		
羅馬拼音	**pu**	中文式發音　撲

説　明

源自平假名「ふ」，再加上半濁點記號
「ﾟ」。念法和中文裡的「撲」相同。

實用單字

ぷんぷん	生氣的樣子
撲嗯撲嗯	pu.n.pu.n.

ぷかぷか	輕的東西在水上流的樣子
撲咖撲咖	pu.ka.pu.ka.

ぷっくり	膨脹的樣子
撲・哭哩	pu.kku.ri.

應用短句

♣ 氣呼呼的。

ぷんぷん	して	います。
pu.n.pu.n.	shi.te.	i.ma.su.
撲嗯撲嗯	吸貼	衣媽思

- -

♣ 脹膨起來。

ぷっくり	と	膨らみます。
pu.kku.ri.	to.	fu.ku.ra.mi.ma.su.
撲・哭哩	偷	夫哭啦咪媽思

- -

MP3 064

ぺ		
羅馬拼音	**pe**	中文式發音 呸

● 平假名篇 ひらがな

● 片假名篇 かたかな

● 促音、長音篇

説 明

源自平假名「へ」，再加上半濁點記號「ﾟ」。念法和中文裡的「呸」相同。

實用單字

ぺこぺこ	肚子餓
呸口呸口	pe.ko.pe.ko.

ぺたぺた	貼滿／塗滿
呸他呸他	pe.ta.pe.ta.

ぺたり	印上去
呸他哩	pe.ta.ri.

應用短句

♣肚子餓。（小孩子用語）

おなか　が　ぺこぺこ　です。
o.na.ka.　ga.　pe.ko.pe.ko.　de.su.
歐拿咖　嘎　呸口呸口　爹思

♣把箱子壓扁。

箱　を　ぺちゃん　と　つぶします。
ha.ko.　o.　pe.cha.n.　to.　tsu.bu.shi.ma.su.
哈口　喔　呸掐嗯　偷　此捕吸媽思

ぽ

羅馬拼音	**po**	中文式發音	剖

說明

源自平假名「ほ」，再加上半濁點記號「。」。念法和中文裡的「剖」相同。

實用單字

ぽいすて	隨手亂丟垃圾
剖衣思貼	po.i.su.te.

ぽきぽき	折斷東西的聲音
剖key剖key	po.ki.po.ki.

ぽかぽか	暖和的
剖咖剖咖	po.ka.po.ka.

ぽかん	冷不防的／發呆
剖咖嗯	po.ka.n.

應用短句

♣ 禁止亂丟垃圾。

ぽい捨て	禁止	です。
po.i.su.te.	ki.n.shi.	de.su.
剖衣思貼	key嗯吸	爹思

♣男孩子氣。

男っぽい　　です。

o.to.ko.ppo.i.　de.su.

歐偷口・剖衣　爹思

豆知識

日文裡，形容人事物像什麼的時候，會用「っぽい」這個字。像是女生很男孩子氣，就是「男っぽい」；大人很孩子氣就是「子供っぽい」。

Part 4　拗音

きゃ

| 羅馬拼音 | **kya** | 中文式發音 | 克呀 |

說　明

由「き」作子音，「や」作母音而合成。念成「ㄎㄧㄚ」，因為沒有對應的中文字，因此用「克呀」來表示。

實用單字

| きゃあ | 尖叫的聲音 |
| 克呀— | kya.a. |

| きゃあきゃあ | 吵鬧／指女生尖叫不停 |
| 克呀—克呀— | kya.a.kya.a. |

| きゃく | 客人 |
| 克呀哭 | kya.ku. |

| きゃくしつ | 客房 |
| 克呀哭吸此 | kya.ku.shi.tsu. |

| きゃくほん | 腳本 |
| 克呀哭吼嗯 | kya.ku.ho.n. |

應用短句

♣ 啊！那個人來了。

きゃあ、 あの 人 が 来ました。
kya.a. a.no. hi.to. ga. ki.ma.shi.ta.
克呀－ 阿no he偷 嘎 key媽吸他

♣ 邊尖叫邊跑。

きゃあきゃあ 言い ながら 走って います。
kya.a.kya.a. i.i. na.ga.ra. ha.shi.tte. i.ma.su.
克呀－克呀－ 衣－ 拿嘎啦 哈吸・貼 衣媽思

♣ 去接客人。

お客様 を 迎えます。
o.kya.ku.sa.ma. o. mu.ka.e.ma.su.
歐克呀哭撒媽 喔 母咖せ媽思

♣ 客層很廣。

客層 は 広い です。
kya.ku.so.u. wa. hi.ro.i. de.su.
克呀哭捜－ 哇 he捜衣 爹思

♣ 寫劇本。

脚本 を 書きます。
kya.ku.ho.n. o. ka.ki.ma.su.
克呀哭吼嗯 喔 咖key媽思

豆知識

日本在形容女生的尖叫聲時，會用「きゃ」或是「ぎゃ」。

平假名篇 ひらがな

片假名篇 かたかな

促音、長音篇

きゅ

| 羅馬拼音 | **kyu** | 中文式發音 | **Q** |

説　明

由「き」作子音,「ゅ」作母音而合成。中文裡沒有對應的字,但此字和英文字母的「Q」念法相同,故取英文字母。

實用單字

きゅうしょうがつ	農曆新年
Q-休-嘎此	kyu.u.sho.u.ga.tsu.

きゅうじつ	休假日
Q-基此	kyu.u.ji.tsu.

きゅうり	小黃瓜
Q-哩	kyu.u.ri.

きゅうに	突然
Q-你	kyu.u.ni.

きゅうりょう	薪水
Q-溜-	kyu.u.ryo.u.

きゅうけい	休息
Q-開-	kyu.u.ke.i.

應用短句

♣農曆新年過得好嗎？

旧正月 は いかが お過ごし でしょうか。

kyu.u.sho.u.ga.tsu. wa. i.ka.ga. o.su.go.shi. de.sho.u.ka.

Q－休－嘎此 哇 衣咖嘎 歐思狗吸 爹休－咖

♣明天放假。

明日 は 休日 です。

a.shi.ta. wa. kyu.u.ji.tsu. de.su.

阿吸他 哇 Q－基此 爹思

♣突然有工作。

急に 仕事 が 入りました。

kyu.u.ni. shi.go.to. ga. ha.i.ri.ma.shi.ta.

Q－你 吸狗偷 嘎 哈衣哩媽吸他

♣薪水很少。

給料 は 少ない です。

kyu.u.ryo.u. wa. su.ku.na.i. de.su.

Q－溜－ 哇 思哭拿衣 爹思

豆知識

日本是過新曆新年，而非農曆新年。日本的農曆新年說法為「旧正月」。

右側：平假名篇 ひらがな ／ 片假名篇 かたかな ／ 促音、長音篇

きょ

| 羅馬拼音 | **kyo** | 中文式發音 | 克優 |

說　明

由「き」作子音，「よ」作母音而合成。發音為「ㄎㄧㄡ」，因為沒有對應的中文字，故取「克優」兩字的音，以「克優」表示。

實用單字

きょく	歌曲
克優哭	kyo.ku.

きょう	今天
克優一	kyo.u.

きょうしつ	教室
克優一吸此	kyo.u.shi.tsu.

きょうだい	兄弟姊妹
克優一搭衣	kyo.u.da.i.

きょねん	去年
克優內嗯	kyo.ne.n.

きょうみ	有興趣
克優一咪	kyo.u.mi.

應用短句

♣ 聽歌。

曲（きょく） を 聴（き）きます。

kyo.ku. o. ki.ki.ma.su.

克優哭　喔　keykey媽思

♣ 今天很開心。

今日（きょう） は 楽（たの）しかった です。

kyo.u. wa. ta.no.shi.ka.tta. de.su.

克優一　哇　他no吸咖‧他　爹思

♣ 誰在教室？

教室（きょうしつ） に 誰（だれ） が います か。

kyo.u.shi.tsu. ni. da.re. ga. i.ma.su. ka.

克優一吸此　你　搭勒　嘎　衣媽思　咖

♣ 有五個兄弟姊妹。

兄弟（きょうだい） が 五人（ごにん） います。

kyo.u.da.i. ga. go.ni.n. i.ma.su.

克優一搭衣　嘎　狗你嗯　衣媽思

♣ 有興趣。

興味（きょうみ） が あります。

kyo.u.mi. ga. a.ri.ma.su.

克優一咪　嘎　阿哩媽思

豆知識

日文裡的「きょうだい」（兄弟），指的不只是哥哥和弟弟，是包含了所有手足的意思。

平假名篇 ひらがな

片假名篇 かたかな

促音、長音篇

しゃ

| 羅馬拼音 | **sha** | 中文式發音 | 瞎 |

說　明

由「し」作子音，「や」作母音而合成。念法和中文裡的「瞎」相同。

實用單字

しゃべり	説話
瞎背哩	sha.be.ri.

しゃかい	社會
瞎咖衣	sha.ka.i.

しゃちょう	社長／老闆
瞎秋一	sha.cho.u.

しゃいん	社員
瞎衣嗯	sha.i.n.

しゃしん	照片
瞎吸嗯	sha.shi.n.

應用短句

♣ 喜歡講話

おしゃべり が 好き です。
o.sha.be.ri. ga. su.ki. de.su.
歐瞎背哩 嘎 思key 爹思

♣ 成會社會新鮮人。

社会人 に なりました。
sha.ga.i.ji.n. ni. na.ri.ma.shi.ta.
瞎咖衣你嗯 你 拿哩媽他

♣ 社長來了。

社長 が 来ます。
sha.cho.u. ga. ki.ma.su.
瞎秋一 嘎 key媽思

♣ 被錄用為社員。

社員 として 採用 されました。
sha.i.n. to.shi.te. sa.i.yo.u. sa.re.ma.shi.ta.
瞎衣嗯 偷吸貼 撒衣優一 撒勒媽吸他

♣ 拍照。

写真 を 撮ります。
sha.shi.n. o. to.ri.ma.su.
瞎吸嗯 喔 偷哩媽思

豆知識

日本的社會新鮮人，在畢業前就已經找好了工作。
而且通常找到了工作，就不會隨意的更換，所以在
找工作或是應徵員工的程序上，也都比較謹慎。

しゅ

羅馬拼音	shu	中文式發音	嘘

説　明

由「し」作子音，「しゅ」作母音而合成。念法和中文裡的「嘘」相同。

實用單字

しゅうまつ	週末
嘘一媽此	shu.u.ma.tsu.

しゅくだい	功課
嘘哭搭衣	shu.ku.da.i.

しゅっちょう	出差
嘘・秋一	shu.ccho.u.

しゅしょう	首相
嘘休一	shu.sho.u.

しゅみ	興趣／嗜好
嘘咪	shu.mi.

しゅっぱつ	出發
嘘・趴此	shu.ppa.tsu.

應用短句

♣ 寫功課。

宿題(しゅくだい) を やります。
shu.ku.da.i. o. ya.ri.ma.su.
嘘哭搭衣 喔 呀哩媽思

- -

♣ 出差。

出張(しゅっちょう) します。
shu.ccho.u. shi.ma.su.
嘘‧秋－ 吸媽思

- -

♣ 被選為首相。

首相(しゅしょう) に 選(えら)ばれました。
shu.sho.u. ni. e.ra.ba.re.ma.shi.ta.
嘘休－ 你 せ啦巴勒媽吸他

- -

♣ 嗜好是讀書。

趣味(しゅみ) は 読書(どくしょ) です。
shu.mi. wa. do.ku.sho. de.su.
嘘咪 哇 兜哭休 爹思

- -

♣ 出發。

出発(しゅっぱつ) します。
shu.ppa.tsu. shi.ma.su.
嘘‧趴此 吸媽思

- -

しょ

| 羅馬拼音 | **sho** | 中文式發音 | 休 |

説明

由「し」作子音，「よ」作母音而合成。念法和中文裡的「休」相同。

實用單字

しょくどう	大眾餐廳
休哭兜一	sho.ku.do.u.

しょうゆ	醬油
休一瘀	sho.u.yu.

しょうかい	介紹
休一咖衣	sho.u.ka.i.

しょうせつ	小說
休一誰此	sho.u.se.tsu.

しょうらい	將來
休一啦衣	sho.u.ra.i.

しょるい	（書面）資料
休嚕衣	sho.ru.i.

應用短句

♣ 在餐廳吃咖哩。

食堂　　で　カレー　を　食べます。
sho.ku.do.u.　de.　ka.re.e.　o.　ta.be.ma.su.
休哭兜一　爹　咖勒一　喔　他背媽思

♣ 加醬油。

醬油　　を　入れます。
sho.u.yu.　o.　i.re.ma.su.
休一瘀　喔　衣勒媽思

♣ 讀小說。

小説　　を　読みます。
sho.u.se.tsu.　o.　yo.mi.ma.su.
休一誰此　喔　優咪媽思

♣ 考慮將來。

将来　　を　考えます。
sho.u.ra.i.　o.　ka.n.ga.e.ma.su.
休一啦衣　喔　咖嗯嘎せ媽思

♣ 整理資料。

書類　　を　整理　します。
ho.ru.i.　o.　se.i.ri.　shi.ma.su.
休嚕衣　喔　誰一哩　吸媽思

ちゃ

羅馬拼音	cha	中文式發音	掐

說　明

由「ち」作子音,「や」作母音而合成。念法和中文裡的「掐」相同。

實用單字

ちゃ	茶
掐	cha.

ちゃいろ	咖啡色
掐衣摟	cha.i.ro.

ちゃわん	碗
掐哇嗯	cha.wa.n.

ちゃんと	好好的
掐嗯偷	cha.n.to.

ちゃん	對女性或小朋友的暱稱
掐嗯	cha.n.

ちゃかす	嘲弄
掐咖思	cha.ka.su.

應用短句

♣喝茶。

お茶 を 飲みます。
o.cha. o. no.mi.ma.su.
歐掐 喔 no咪媽思

♣咖啡色的包包。

茶色 の かばん です。
cha.i.ro. no. ka.ba.n. de.su.
掐衣捜 no 咖巴嗯 爹思

♣打破碗。

茶碗 が 割れます。
cha.wa.n. ga. wa.re.ma.su.
掐哇嗯 嘎 哇勒媽思

♣做得很好。

ちゃんと できます。
cha.n.to. de.ki.ma.su.
掐嗯偷 爹key媽思

豆知識

「ちゃん」這個字，通常是用來稱呼女生小朋友，
或是年紀比自己小的女性、熟識的朋友。

ちゅ

| 羅馬拼音 | **chu** | 中文式發音 | 去 |

説　明

由「ち」作子音，「ゆ」作母音而合成。念法和中文裡的「去」相同。

實用單字

| ちゅうし | 中止 |
| 去一吸 | chu.u.shi. |

| ちゅうしゃ | 停車 |
| 去一瞎 | chu.u.sha. |

| ちゅうい | 警告 |
| 去一衣 | chu.u.i. |

| ちゅうがっこう | 中學 |
| 去一嘎・ロー | chu.u.ga.kko.u. |

| ちゅうしん | 中心 |
| 去一吸嗯 | chu.u.shi.n. |

應用短句

♣ 中止。

中止 します。
chu.u.shi. shi.ma.su.
去一吸　　吸媽思

♣ 禁止停車。

駐車 禁止 です。
chu.u.sha. ki.n.shi. de.su.
去一瞎　key嗯吸　爹思

♣ 被警告了。

注意 されました。
shu.u.i. sa.re.ma.shi.ta.
去一衣　撒勒媽思

♣ 中學的教科書。

中学校 の 教科書 です。
chu.u.ga.kko.u. no. kyo.u.ka.sho. de.su.
去一嘎・ロー　no　克優咖休　爹思

豆知識

國語的日文就是「ちゅうごくご」（中国語）、閩南語則是叫「たいわんご」（台湾語）。

ちょ

| 羅馬拼音 | **cho** | 中文式發音 | 秋 |

說 明

由「ち」作子音，「よ」作母音而合成。念法和中文裡的「秋」相同。

實用單字

ちょうど	剛好
秋一兜	cho.u.do.

ちょきん	儲蓄
秋key嗯	cho.ki.n.

ちょくせつ	直接
秋哭誰此	cho.ku.se.tsu.

ちょっと	有點／稍微
秋・偷	cho.tto.

ちょうし	狀況
秋一吸	cho.u.shi.

ちょいと	稍微
秋衣偷	cho.i.to.

應用短句

♣剛剛好。

ちょうど いい です。
cho.u.do. i.i. de.su.
秋－兜 衣－ 爹思

♣儲蓄。

貯金 します。
cho.ki.n. shi.ma.su.
秋key嗯 吸媽思

♣直接說明。

直接 言います。
cho.ku.se.tsu. i.i.ma.su.
秋哭誰此 衣－媽思

♣稍等一下。

ちょっと 待って ください。
cho.tto. ma.tte. ku.da.sa.i.
秋·偷 媽·貼 哭搭撒衣

♣狀況不佳。

調子 が 悪い です。
cho.u.shi. ga. wa.ru.i. de.su.
秋－吸 嘎 哇嚕衣 爹思

にゃ

| 羅馬拼音 | **nya** | 中文式發音 | 娘 |

說　明

由「に」作子音，「や」作母音而合成。念法為「ㄋㄧㄚ」，近似中文裡的「娘」字。

實用單字

| にゃあにゃあ | 貓叫的聲音 |
| 娘－娘－ | nya.a.nya.a. |

にゅ

| 羅馬拼音 | **nyu** | 中文式發音 | 女 |

說　明

由「に」作子音，「ゆ」作母音而合成。念法為「ㄋㄧㄩ」，近似中文裡的「女」字。

應用短句

♣住院。

入院　　します。
nyu.u.i.n.　shi.ma.su.
女－衣嗯　　吸媽思

● 平假名篇 ひらがな

片假名篇 かたかな

促音・長音篇

にょ

| 羅馬拼音 | **nyo** | 中文式發音 | 妞 |

説　明

由「に」作子音，「よ」作母音而合成。念法和中文裡的「妞」相同。

實用單字

| にょうぼう | 老婆（稱自己老婆） |
| 妞一玻一 | nyo.u.bo.u. |

ひゃ

| 羅馬拼音 | **hya** | 中文式發音 | 合呀 |

説　明

由「ひ」作子音，「や」作母音而合成。念法為「ㄏㄧㄚ」，取中文「合呀」兩字的音。

實用單字

| ひゃく | 百／一百 |
| 合呀哭 | hya.ku. |

151

ひゅ

羅馬拼音	hyu	中文式發音	合瘀

説 明

由「ひ」作子音，「ゅ」作母音而合成。念法為「ㄏㄧㄩ」，取中文「合瘀」兩字的音。

實用單字

ひゅう	吹東西的聲音
合瘀—	hyu.u.

ひゅうひゅう	風吹的聲音
合瘀—合瘀—	hyu.u.hyu.u.

應用短句

♣ 吹口哨。

口笛 を ひゅう と 吹きます。
ku.chi.bu.e. o. hyu.u. to. fu.ki.ma.su.
哭漆捕せ 喔 合瘀— 偷 夫key媽思

- -

♣ 北風咻咻地吹。

北風 が ひゅうひゅう と 吹きます。
ki.ta.ka.ze. ga. hyu.u.hyu.u. to. fu.ki.ma.su.
key他咖賊 嘎 合瘀—合瘀— 偷 夫key媽思

- -

ひょ

羅馬拼音	hyo	中文式發音	合優

說　明

由「ひ」作子音，「ょ」作母音而合成。念法為「ㄏㄧㄡ」，取中文「合優」兩字的音。

實用單字

ひょいと	突然／輕鬆地
合優衣偷	hyo.i.to.

ひょうげん	表現
合優－給嗯	hyo.u.ge.n.

ひょうばん	評價
合優－巴嗯	hyo.u.ba.n.

ひょうか	好評
合優－咖	hyo.u.ka.

ひょう	冰雹
合優－	hyo.u.

應用短句

♣ 突然往後一看，嚇了一跳。

ひょいと 後ろ を 見て びっくり します。

hyo.i.to. u.shi.ro. o. mi.te. bi.kku.ri. shi.ma.su.

合優衣偷 烏吸撸 喔 咪貼 逼‧哭哩 吸媽思

♣ 輕鬆地將物品提起來。

荷物 を ひょいと 持ち上げます。

ni.mo.tsu. o. hyo.i.to. mo.chi.a.ge.ma.su.

你謀此 喔 合優衣偷 謀漆阿給媽思

♣ 用言語無法表達。

言葉 で 表現 できません。

ko.to.ba. de. hyo.u.ge.n. de.ki.ma.se.n.

口偷巴 爹 合優一給嗯 爹key媽誰嗯

♣ 獲得好的評價。

評判 が いい です。

hyo.u.ba.n. ga. i.i. de.su.

合優一巴嗯 嘎 衣一 爹思

♣ 獲好評。

評価 されます。

hyo.u.ka. sa.re.ma.su.

合優一咖 撒勒媽思

♣ 下冰雹。

雹 が 降ります。

hyo.u. ga. fu.ri.ma.su.

合優一 嘎 夫哩媽思

みや

| 羅馬拼音 | **mya** | 中文式發音 | 咪呀 |

説明

由「み」作子音,「や」作母音而合成。念法為「ㄇㄧㄚ」,取中文「咪呀」兩字的音。

實用單字

みゃく	脈
咪呀哭	mya.ku.

みゃくはく	脈搏
咪呀哭哈哭	mya.ku.ha.ku.

應用短句

♣ 心跳很快。

脈 みゃく	が	速い はや	です。
mya.ku.	ga.	ha.ya.i.	de.su.
咪呀哭	嘎	哈呀衣	爹思

♣ 心跳是一百。

脈拍 みゃくはく	は	100 ひゃく	です。
mya.ku.ha.ku.	wa.	hya.ku.	de.su.
咪呀哭	哇	合呀哭	爹思

みゅ

羅馬拼音	**myu**	中文式發音	咪癒

説　明

由「み」作子音，「ゆ」作母音而合成。念法為「ㄇ一ㄩ」，取中文「咪癒」兩字的音。

みょ

羅馬拼音	**myo**	中文式發音	咪優

説　明

由「み」作子音，「よ」作母音而合成。念法為「ㄇ一ㄡ」，取中文「咪優」兩字的音。

實用單字

みょうじ	姓
咪優一基	myo.u.ji.

應用短句

♣ 請問貴姓。

苗字　　は　　何　です　か。
myo.u.ji.　wa.　na.n.　de.su.　ka.
咪優一基　哇　拿嗯　爹思　咖

りゃ

羅馬拼音	**rya**	中文式發音	ㄌㄧㄚ

● 平假名篇 ひらがな

● 片假名篇 かたかな

● 促音、長音篇

説　明

由「り」作子音，「や」作母音而合成。念法為「ㄌㄧㄚ」，取中文「ㄌ呀」兩字的音。

實用單字

りゃくしょう	簡稱
ㄌ呀ㄎ休－	rya.ku.sho.u.

りゃくせつ	大致説明
ㄌ呀ㄎ誰此	rya.ku.se.tsu.

りゃくだつ	略奪
ㄌ呀ㄎ搭此	rya.ku.da.tsu.

應用短句

♣ 將狀況大致說明。

状況	を	略説	します。
jo.u.kyo.u.	o.	rya.ku.se.tsu.	shi.ma.su.
糾－克優－	喔	ㄌ呀ㄎ誰此	吸媽思

りゅ

| 羅馬拼音 | **ryu** | 中文式發音 | 驢 |

説明

由「り」作子音,「ゆ」作母音而合成。念法為「ㄌ一ㄩ」,取中文「驢」字的音。

實用單字

りゅうこう	流行
驢―ㄌ―	ryu.u.ko.u.

りゅうねん	留級
驢―內嗯	yu.u.ne.n.

りゅうがく	留學
驢―嘎哭	ryu.u.ga.ku.

りゅうい	留意
驢―衣	ryu.u.i.

應用短句

♣ 追趕流行。

流行 に 追われます。
ryu.u.ko.u. ni. o.wa.re.ma.su.
驢一ロー 你 歐哇勒媽思

♣ 曾經留級。

留年 しました。
ryu.u.ne.n. shi.ma.shi.ta.
驢一內嗯 吸媽思

♣ 去留學。

留学 します。
ryu.u.ga.ku. shi.ma.su.
驢一嘎哭 吸媽思

♣ 注意健康。

健康 に 留意 します。
ke.n.ko.u. ni. ryu.u.i. shi.ma.su.
開嗯ロー 你 驢一衣 吸媽思

♣ 以下是注意事項。

以下 は 留意事項 です。
i.ka. wa. ryu.u.i.ji.ko.u. de.su.
衣咖 哇 驢一衣基ロー 爹思

♣ 鯉躍龍門。

竜門 の 滝登り。
ryu.u.mo.n. no. ta.ki.no.bo.ri.
驢一謀嗯 no 他keyno 波哩

平假名篇 ひらがな

片假名篇 かたかな

促音、長音篇

豆知識

中文裡面有「鯉躍龍門」這句話，在日本也有，就叫「竜門の滝登り」。另外也有一種說法是「うなぎのぼり」，表示氣勢一飛沖天。

🎧 MP3 080

りょ

羅馬拼音	**ryo**	中文式發音	溜

說明

由「り」作子音，「よ」作母音而合成。念法和中文裡的「溜」相同。

實用單字

りょう	量
溜一	ryo.u.

りょうしん	父母
溜一吸嗯	ryo.u.shi.n.

りょうり	作菜／菜
溜一哩	ryo.u.ri.

りょこう	旅行
溜ロー	ryo.ko.u.

りょうしゅうしょ	收據
溜一噓一休	ryo.u.shu.u.sho.

りょかん	旅館
溜咖嗯	ryo.ka.n.

● 平假名篇 ひらがな

● 片假名篇 かたかな

● 促音、長音篇

應用短句

♣和父母討論。

両親 と 相談 します。

ryo.u.shi.n. to. so.u.da.n. shi.ma.su.

溜一吸嗯 偷 搜一搭嗯 吸媽思

♣很會作菜。

料理 が 得意 です。

ryo.u.ri. ga. to.ku.i. de.su.

溜一哩 嘎 偷哭衣 爹思

♣去旅行。

旅行 に 行きます。

ryo.ko.u. ni. i.ki.ma.su.

溜ロー 你 衣key媽思

♣請給我收據。

領収書 を 書いて ください。

ryo.u.shu.u.sho. o. ka.i.te. ku.da.sa.i.

溜一嘘一休 喔 咖衣貼 哭搭撒衣

♣在旅館住宿。

旅館 に 泊まります。

ryo.ka.n. ni. to.ma.ri.ma.su.

溜咖嗯 你 偷媽哩媽思

ぎゃ

羅馬拼音	**gya**	中文式發音	哥呀

說明

由「ぎ」作子音,「や」作母音而合成。念法為「ㄍーㄚ」,取中文「哥呀」兩字的音。

實用單字

ぎゃあ	尖叫聲
哥呀-	gya.a.

ぎゃく	反過來
哥呀哭	gya.ku.

ぎゃくてん	逆轉
哥呀哭貼嗯	gya.ku.te.n.

應用短句

♣ 啊!有蟑螂。

ぎゃあ! ゴキブリ だ!
gya.a. go.ki.bu.ri. da.
哥呀- 狗key捕哩 搭

♣ 反過來說的話…。

ぎゃく に 言えば…。
gya.ku. ni. i.e.ba.
哥呀哭 你 衣せ巴

♣逆轉。

逆転 (ぎゃくてん)　　します。

gya.ku.te.n.　shi.ma.su.

哥呀哭貼嗯　吸媽思

🎵 082

ぎゅ

| 羅馬拼音 | **gyu** | 中文式發音 | 哥瘀 |

説明

由「ぎ」作子音，「ゅ」作母音而合成。念法為「ㄍㄧㄩ」，取中文「哥瘀」兩字的音。

ぎゅうにゅう	牛奶
哥瘀ー女ー	gyu.u.nyu.u.

ぎゅうにく	牛肉
哥瘀ー你哭	gyu.u.ni.ku.

ぎゅうどん	牛肉蓋飯
哥瘀ー兜嗯	gyu.u.do.n.

ぎゅうと	緊緊握住的樣子
哥瘀ー偷	gyu.u.to.

ぎゅうづめ	很擠
哥瘀ー頁妹	gyu.u.zu.me.

應用短句

♣ 喝牛奶。

牛乳　　　　を　飲みます。

gyu.u.nyu.u.　o.　no.mi.ma.su.

哥瘀ー女ー　喔　no咪媽思

- -

♣ 牛肉很貴。

牛肉　　　　は　高い　　です。

gyu.u.ni.ku.　wa.　ta.ka.i.　de.su.

哥瘀ー你哭　哇　他咖衣　爹思

- -

♣ 吃牛肉蓋飯。

牛丼　　　　を　食べます。

gyu.u.do.n.　o.　ta.be.ma.su.

哥瘀ー兜嗯　喔　他背媽思

- -

♣ 擠了很多人的公共汽車。

ぎゅうづめ　　の　バス　　です。

gyu.u.zu.me.　no.　ba.su.　de.su.

哥瘀ー資妹　no　巴思　爹思

- -

豆知識

吉野家的牛丼，就是念成「ぎゅうどん」。牛丼可
算是日本的平價食物，因此也能反應出日本的景
氣。

ぎょ

| 羅馬拼音 | **gyo** | 中文式發音 | 哥優 |

平假名篇 ひらがな

片假名篇 かたかな

促音、長音篇

説明

由「ぎ」作子音，「よ」作母音而合成。念法為「ㄍㄧㄡ」，取中文「哥優」兩字的音。

實用單字

| ぎょうてん | 嚇一跳／瞠目結舌 |
| 哥優－貼嗯 | gyo.u.te.n. |

| ぎょうぎ | 行為舉止／禮數 |
| 哥優－個衣 | gyo.u.gi. |

應用短句

♣ 人多到需要排隊／受歡迎的。

行列		が		できます。
gyo.u.re.tsu.	ga.	de.ki.ma.su.
哥優－勒此	嘎	爹key媽思

- -

♣ 不懂禮貌。

行儀	が	悪い	です。
gyo.u.gi.	ga.	wa.ru.i.	de.su.
哥優－個衣	嘎	哇嚕衣	爹思

- -

じゃ

| 羅馬拼音 | **ja** | 中文式發音 | 加 |

說 明

由「じ」作子音,「や」作母音而合成。念法和中文裡的「加」相同。

實用單字

| じゃま | 礙事 |
| 加媽 | ja.ma. |

| じゃがいも | 馬鈴薯 |
| 加嘎衣謀 | ja.ga.i.mo. |

| じゃぐち | 水龍頭 |
| 加古漆 | ja.gu.chi. |

應用短句

♣那麼,下次見。

じゃ、また。
ja. ma.ta.
加 媽他

♣煮馬鈴薯。

じゃがいも を 茹でます。
ja.ga.i.mo. o. yu.de.ma.su.
加嘎衣謀 喔 瘀爹媽思

じゅ

| 羅馬拼音 | **ju** | 中文式發音 | 居 |

説明

由「じ」作子音,「ゆ」作母音而合成。念法和中文裡的「居」相同。

實用單字

じゅう	十
居一	ju.u.

じゅうよう	重要
居一優一	ju.u.yo.u.

じゅく	補習班
居哭	ju.ku.

じゅんび	準備
居嗯遍	ju.n.bi.

じゅぎょう	上課
居哥優一	ju.gyo.u.

じゅうじろ	十字路口
居一基摟	ju.u.ji.ro.

應用短句

♣十萬日圓。

十万円 です。

ju.u.ma.n.e.n. de.su.

居－媽嗯せ嗯 爹思

♣重要的人。

重要 な 人 です。

ju.u.yo.u. na. hi.to. de.su.

居－優－ 拿 he偷 爹思

♣有補習。

塾 に 通って います。

ju.ku. ni. ka.yo.tte. i.ma.su.

居哭 你 咖優・貼 衣媽思

♣上課。

授業 を 受けます。

ju.gyo.u. o. u.ke.ma.su.

居哥優－ 喔 烏開媽思

♣站在十字路口。

十字路 に 立ちます。

ju.u.ji.ro. ni. ta.chi.ma.su.

居－基撩 你 他漆媽思

じょ

| 羅馬拼音 | **jo** | 中文式發音 | 糾 |

説 明

由「じ」作子音，「よ」作母音而合成。念法和中文裡的「糾」相同。

實用單字

じょうず	拿手
糾－資	jo.u.zu.

じょうひん	高雅／有氣質
糾－he 嗯	jo.u.hi.n.

じょうたつ	進步
糾－他此	jo.u.ta.tsu.

じょうぶ	堅固
糾－捕	jo.u.bu.

じょうほう	資訊
糾－吼－	jo.u.ho.u.

じょせい	女性
糾誰－	jo.se.i.

應用短句

♣ 很會作菜。

料理　　が　　上手　　です。
ryo.u.ri.　ga.　jo.u.zu.　de.su.
溜－哩　嘎　糾－資　爹思

♣ 進步。

上達　　　します。
jo.u.ta.tsu.　shi.ma.su.
糾－他此　吸媽思

♣ 堅固的櫃子。

丈夫　　な　　棚　　です。
jo.u.bu.　na.　ta.na.　de.su.
糾－捕　拿　他拿　爹思

♣ 收集資訊。

情報　　　を　　集めます。
jo.u.ho.u.　o.　a.tsu.me.ma.su.
糾－吼－　喔　阿此妹媽思

♣ 很受女性歡迎。

女性　　に　　大人気　　です。
jo.se.i.　ni.　da.i.ni.n.ki.　de.su.
糾誰－　你　搭衣你嗯key　爹思

● 平假名篇 ひらがな

● 片假名篇 かたかな

● 促音、長音篇

ぢゃ

| 羅馬拼音 | ja | 中文式發音 | 加 |

説　明

由「ぢ」作子音,「や」作母音而合成。念法和中文裡的「加」相同。

ぢゅ

| 羅馬拼音 | ju | 中文式發音 | 居 |

説　明

由「ぢ」作子音,「ゆ」作母音而合成。念法和中文裡的「居」相同。

ぢょ

| 羅馬拼音 | jo | 中文式發音 | 糾 |

説　明

由「ぢ」作子音,「よ」作母音而合成。念法和中文裡的「糾」相同。

びゃ

| 羅馬拼音 | **bya** | 中文式發音 | 逼呀 |

説　明

由「び」作子音，「や」作母音而合成。念法為「ㄅㄧㄚ」，取中文「逼呀」兩字的音。

びゅ

| 羅馬拼音 | **byu** | 中文式發音 | 逼瘀 |

説　明

由「び」作子音，「ゆ」作母音而合成。念法為「ㄅㄧㄩ」，取中文「逼瘀」兩字的音。

實用單字

びゅう	風吹的樣子
逼瘀－	byu.u.

びゅうびゅう	強風吹的樣子
逼瘀－逼瘀－	byu.u.byu.u.

應用短句

♣風咻地吹來。

風	が	びゅうと	吹きます。
ka.ze.	ga.	byu.u.to.	fu.ki.ma.su.
咖賊	嘎	逼瘀－偷	夫key媽思

びょ

| 羅馬拼音 | **byo** | 中文式發音 | 逼優 |

説 明

由「び」作子音,「よ」作母音而合成。念法為「ㄅㄧㄡ」,取中文「逼優」兩字的音。

實用單字

| びょう | 秒 |
| 逼優― | byo.u. |

| びょういん | 醫院 |
| 逼優―衣嗯 | byo.u.i.n. |

| びょうき | 病 |
| 逼優―key | byo.u.ki. |

應用短句

♣去醫院。

病院 に 行きます。
びょういん　　　　い
byo.u.i.n. ni. i.ki.ma.su.
逼優―衣嗯 你 衣key媽思

♣生病了。

病気 に なります。
びょうき
byo.u.ki. ni. na.ri.ma.su.
逼優―key 你 拿哩媽思

ぴゃ

羅馬拼音	**pya**	中文式發音	披呀

説　明

由「ぴ」作子音,「や」作母音而合成。念法
為「ㄆㄧㄚ」,取中文「披呀」兩字的音。

ぴゅ

羅馬拼音	**pyu**	中文式發音	披瘀

説　明

由「ぴ」作子音,「ゆ」作母音而合成。念法
為「ㄆㄧㄩ」,取中文「披瘀」兩字的音。

ぴょ

| 羅馬拼音 | **pyo** | 中文式發音 | 披優 |

説 明

由「ぴ」作子音，「ょ」作母音而合成。念法為「ㄆㄧ－ㄡ」，取中文「披優」兩字的音。

實用單字

| ぴょこん | 稍微 |
| 披優口嗯 | pyo.ko.n. |

| ぴょんぴょん | 輕盈跳躍的樣子 |
| 披優嗯披優嗯 | pyo.n.pyo.n. |

應用短句

♣ 稍微點個頭。

ぴょこんと 頭 を 下げます。
pyo.ko.n.to. a.ta.ma. o. sa.ge.ma.su.
披優口嗯偷 阿他媽 喔 撒給媽思

♣ 兔子輕盈的跳躍。

うさぎ が ぴょんぴょんと 跳ねます。
u.sa.gi. ga. pyo.n.pyo.n.to. ha.ne.ma.su.
烏撒個衣 嘎 披優嗯披優嗯偷 哈內媽思

片假名篇
かたかな

清音
濁音
半濁音
拗音
外來語常見拗音

Part 5 清音

ア

| 羅馬拼音 | a | 中文式發音 | 阿 |

説明
源自漢字「阿」的部分。

實用單字

アイスクリーム	冰淇淋
阿衣思哭哩一母	a.i.su.ku.ri.i.mu.

アメリカ	美國
阿妹哩咖	a.me.ri.ka.

アパート	公寓
阿趴一偷	a.pa.a.to.

アルバイト	打工
阿嚕巴衣偷	a.ru.ba.i.to.

アルバム	相簿／專輯
阿嚕巴母	a.ru.ba.mu.

アクセス	交通方式／到訪／連線
阿哭誰思	a.ku.se.su.

應用短句

♣ 吃冰淇淋。

アイスクリーム を 食べます。
a.i.su.ku.ri.i.mu. o. ta.be.ma.su.
阿衣思哭哩一母 喔 他背媽思

♣ 去美國。

アメリカ へ 行きます。
a.me.ri.ka. e. i.ki.ma.su.
阿妹哩咖 せ 衣key媽思

♣ 租公寓。

アパート を 借ります。
a.pa.a.to. o. ka.ri.ma.su.
阿趴一偷 喔 咖哩媽思

♣ 找打工的機會。

アルバイト を 探します。
a.ru.ba.i.to. o. sa.ga.shi.ma.su.
阿嚕巴衣偷 喔 撒嘎吸媽思

♣ 出專輯。

アルバム を 出します。
a.ru.ba.mu. o. da.shi.ma.su.
阿嚕巴母 喔 搭吸媽思

豆知識

日文的「アパート」是指一般公寓，較高級的住宅
則稱為「マンション」。

イ

| 羅馬拼音 | i | 中文式發音 | 衣 |

説　明

源自漢字「伊」的部分。

實用單字

インターネット	網路
衣嗯他一內・偷	i.n.ta.a.ne.tto.

インフルエンザ	流行性感冒
衣嗯夫嚕せ嗯紮	i.n.fu.ru.e.n.za.

イタリア	義大利
衣他哩阿	i.ta.ri.a.

イコール	等於
衣ロ一嚕	i.ko.o.ru.

インスタントフード	即食食品
衣嗯思他嗯偷夫一兜	i.n.su.ta.n.to.fu.u.do.

インク	墨水
衣嗯哭	i.n.ku.

平假名篇 ひらがな

片假名篇 かたかな

促音、長音篇

應用短句

♣預防流行感冒。

インフルエンザ　　を　予防　　　します。
i.n.fu.ru.e.n.za.　　　o.　yo.bo.u.　shi.ma.su.
衣嗯夫嚕せ嗯紮　　喔　優玻一　　吸媽思

- -

♣義大利的商品。

イタリア　　の　　商品　　です。
i.ta.ri.a.　　no.　sho.u.hi.n.　de.su.
衣他哩阿　　no　休一he嗯　爹思

- -

♣吃即食食品。

インスタントフード　を　食べます。
i.n.su.ta.n.to.fu.u.do.　o.　ta.be.ma.su.
衣嗯思他嗯偷夫一兜　喔　他背媽思

- -

♣沾墨水。

インク　を　つけます。
i.n.ku.　o.　tsu.ke.ma.su.
衣嗯哭　喔　此開媽思

- -

豆知識

日文裡，也會用漢字來表示各國名稱，像是「伊」指的是義大利；「米」指的是美國；「独」指的是德國；「仏」指的是法國；「露」指的是俄羅斯。

ウ

| 羅馬拼音 | u | 中文式發音 | 烏 |

平假名篇 ひらがな

● 片假名篇 かたかな

促音、長音篇

説 明

源自漢字「宇」的部分。

實用單字

| ウール | 羊毛 |
| 烏一嚕 | u.u.ru. |

| ウスターソース | 伍斯特醬 |
| 烏思他－搜－思 | u.su.ta.a.so.o.su. |

| ウクレレ | 夏威夷吉他 |
| 烏哭勒勒 | u.ku.re.re. |

| ウルトラ | 非常／超級 |
| 烏嚕偷啦 | u.ru.to.ra. |

| ウッド | 木頭 |
| 烏・兜 | u.ddo. |

| ウッドクラフト | 木製品 |
| 烏・兜哭啦夫偷 | u.ddo.ku.ra.fu.to. |

應用短句

♣百分之百羊毛。

ウール　１００％　　　　です。
u.u.ru.　hya.ku.pa.a.se.n.to.　de.su.
烏－嚕　合呀哭趴－誰嗯偷　爹思

♣沾伍斯特醬。

ウスターソース　を　つけます。
u.su.ta.a.so.o.su.　o.　tsu.ke.ma.su.
烏思他－搜－思　喔　此開媽思

♣彈夏威夷吉他。

ウクレレ　を　弾きます。
u.ku.re.re.　o.　hi.ki.ma.su.
烏哭勒勒　喔　hekey媽思

♣木製品。

ウッドクラフト　です。
u.ddo.ku.ra.fu.to.　de.su.
烏・兜哭啦夫特　爹思

エ

羅馬拼音	e	中文式發音	せ

説明

源自漢字「江」的部分。

實用單字

エアコン	空調
せ阿口嗯	e.a.ko.n.

エスカレーター	手扶梯
せ思咖勒－他－	e.su.ka.re.e.ta.a.

エレベーター	電梯
せ勒背－他－	e.re.be.e.ta.a.

エンジン	引擎
せ嗯基嗯	e.n.ji.n.

エコロジー／エコ	環保
せ口摟基－	e.ko.ro.ji.i./e.ko.

平假名篇 ひらがな

● 片假名篇 かたかな

促音、長音篇

應用短句

♣ 開空調。

エアコン を つけます。
e.a.ko.n.　　o.　tsu.ke.ma.su.
せ阿口嗯　喔　此開媽思

♣ 搭手扶梯。

エスカレーター に 乗ります。
e.su.ka.re.e.ta.a.　ni.　no.ri.ma.su.
せ思咖勒一他一　你　no哩媽思

♣ 坐電梯上樓。

エレベーター で 上がります。
e.re.be.e.ta.a.　de.　a.ga.ri.ma.su.
せ勒背一他一　爹　阿嘎哩媽思

♣ 發動引擎。

エンジン を かけます。
e.n.ji.n.　　o.　ka.ke.ma.su.
せ嗯基嗯　喔　咖開媽思

♣ 環保袋。

エコバッグ。
e.ko.ba.ggu.
せ口巴・古

豆知識

日本的環保意識十分強，很注重減碳和環保等議題。因此會推動許多獎勵節能減碳的政策，並且注重環境的保護和資源再利用。

オ

| 羅馬拼音 | o | 中文式發音 | 歐 |

説明

源自漢字「於」的部分。

實用單字

オーストラリア	澳洲
歐一思偷啦哩阿	o.o.su.to.ra.ri.a.

オーストリア	奥地利
歐一思偷哩阿	o.o.su.to.ri.a.

オンエア	播放
歐嗯せ阿	o.n.e.a.

オイル	油
歐衣嚕	o.i.ru.

オレンジ	柳橙
歐勒嗯基	o.re.n.ji.

オーラ	氣質／風采
歐一啦	o.o.ra.

應用短句

♣從奧地利來。

オーストリア から 来ました。
o.o.su.to.ri.a. ka.ra. ki.ma.shi.ta.
歐一思倫哩阿 咖啦 key媽吸他

♣被播放出來。

オンエア されました。
o.n.e.a. sa.re.ma.shi.ta.
歐嗯せ阿 撒勒媽吸他

♣淋上油。

オイル を かけます。
o.i.ru. o. ka.ke.ma.su.
歐衣嚕 喔 咖開媽思

♣買柳橙。

オレンジ を 買います。
o.re.n.ji. o. ka.i.ma.su.
歐勒嗯基 喔 咖衣媽思

♣氣質不同。

オーラ が 違います。
o.o.ra. ga. chi.ga.i.ma.su.
歐一啦 嘎 漆嘎衣媽思

カ

| 羅馬拼音 | **ka** | 中文式發音 | 咖 |

● 平假名篇 ひらがな

● 片假名篇 かたかな

促音、長音篇

説　明

源自漢字「加」的部分。

實用單字

| **カード** | 卡片 |
| 咖―兜 | ka.a.do. |

| **カーテン** | 窗簾 |
| 咖―貼 嗯 | ka.a.te.n. |

| **カート** | 購物車 |
| 咖―偷 | ka.a.to. |

| **カーナビ** | 汽車衛星導航 |
| 咖―拿 逼 | ka.a.na.bi. |

| **カートン** | 盒（單位） |
| 咖―偷 嗯 | ka.a.to.n. |

| **カッター** | 美工刀 |
| 咖・他― | ka.tta.a. |

應用短句

♣ 用信用卡付款。

カード で 払います。

ka.a.do. de. ha.ra.i.ma.su.

咖一兜 爹 哈啦衣媽思

♣ 開窗簾。

カーテン を 開けます。

ka.a.te.n. o. a.ke.ma.su.

咖一貼嗯 喔 阿開媽思

♣ 放在購物車中。

カート に おきます。

ka.a.to. ni. o.ki.ma.su.

咖一偷 你 歐key媽思

♣ 裝汽車衛星導航。

カーナビ を つけます。

ka.a.na.bi. o. tsu.ke.ma.su.

咖一拿逼 喔 此開媽思

♣ 給我一條煙。

タバコ を 一カートン ください。

ta.ba.ko. o. hi.to.ka.a.to.n. ku.da.sa.i.

他巴口 喔 he偷咖一偷嗯 哭搭撒衣

キ

| 羅馬拼音 | ki | 中文式發音 | key |

平假名篇 ひらがな

●片假名篇 かたかな

促音、長音篇

説明

源自漢字「幾」的部分。

實用單字

| キー | 鑰匙 |
| key— | ki.i. |

| キロ | 公里／公斤 |
| key摟 | ki.ro. |

| キス | 親吻 |
| key思 | ki.su. |

| キッチン | 廚房 |
| key・漆嗯 | ki.cchi.n. |

| キウイ | 奇異果 |
| key烏衣 | ki.u.i |

| キムチ | 泡菜 |
| key母漆 | ki.mu.chi. |

應用短句

♣ 跑了三公里。

三キロ　走りました。

sa.n.ki.ro.　ha.shi.ri.ma.shi.ta.

撒嗯key摟　哈吸哩媽吸他

♣ 親吻。

キス　します。

ki.su.　shi.ma.su.

key思　吸媽思

♣ 站在廚房。

キッチン　に　立ちます。

ki.cchi.n.　ni.　ta.chi.ma.su.

key‧漆嗯　你　他漆媽思

♣ 吃奇異果。

キウイ　を　食べます。

ki.u.i.　o.　ta.be.ma.su.

key烏衣　喔　他背媽思

♣ 做泡菜。

キムチ　を　作ります。

ki.mu.chi.　o.　tu.ku.ri.ma.su.

key母漆　喔　此哭哩媽思

豆知識

在日文裡，「キロ」可以指公里，也可以指公斤，可以用前後文來判斷。

ク

| 羅馬拼音 | **ku** | 中文式發音 | 哭 |

說　明

源自漢字「久」的部分。

實用單字

| クッキー | 餅乾 |
| 哭・key― | ku.kki.i. |

| クラシック | 古典樂／經典 |
| 哭啦吸・哭 | ku.ra.shi.kku |

| クリスマス | 聖誕節 |
| 哭哩思媽思 | ku.ri.su.ma.su. |

| クラス | 班 |
| 哭啦思 | ku.ra.su. |

| クイズ | 猜謎 |
| 哭衣資 | ku.i.zu. |

| クーポン | 優惠券 |
| 哭―剖嗯 | ku.u.po.n. |

應用短句

♣聽古典樂。

クラシック を 聴きます。
ku.ra.shi.kku. o. ki.ki.ma.su.
哭啦吸・哭 喔 keykey媽思

♣送聖誕禮物。

クリスマス プレゼント を 贈ります。
ku.ri.su.ma.su. pu.re.ze.n.to. o. o.ku.ri.ma.su.
哭哩思媽思 撲勒賊嗯偷 喔 歐哭哩媽思

♣進到班級中。

クラス に 入ります。
ku.ra.su. ni. ha.i.ri.ma.su.
哭啦思 你 哈衣哩媽思

♣看猜謎節目。

クイズ 番組 を 見ます。
ku.i.zu. ba.n.gu.mi. o. mi.ma.su.
哭衣資 巴嗯古咪 喔 咪媽思

♣用優惠券。

クーポン券 を 利用 します。
ku.u.po.n.ke.n. o. ri.yo.u. shi.ma.su.
哭一剖嗯開嗯 喔 哩優一 吸媽思

豆知識

日本人也很重視聖誕節這個節日，每當聖誕節接近時，街頭總是瀰漫著歡樂的氣氛。

ケ

| 羅馬拼音 | **ke** | 中文式發音 | 開 |

説明

源自漢字「介」的部分。

實用單字

ケーキ	蛋糕
開－key	ke.e.ki.

ケア	照護
開阿	ke.a.

ケース	盒／案子
開－思	ke.e.su.

ケーブルカー	纜車
開－捕嚕咖－	ke.e.bu.ru.ka.a.

ケチャップ	番茄醬
開掐・撲	ke.cha.ppu.

應用短句

♣ 做蛋糕。

ケーキ を 作ります。
ke.e.ki. o. tsu.ku.ri.ma.su.
開－key 喔 此哭哩媽思

♣ 如何做術後照護？

アフターケア は どう します か。
a.fu.ta.a.ke.a. wa. do.u. shi.ma.su. ka.
阿夫他－開阿 哇 兜－ 吸媽思 咖

♣ 買眼鏡盒。

めがねケース を 買います。
me.ga.ne.ke.e.su. o. ka.i.ma.su.
妹嘎內開－思 喔 咖衣媽思

♣ 坐纜車。

ケーブルカー に 乗ります。
ke.e.bu.ru.ka.a. ni. no.ri.ma.su.
開－捕嚕咖－ 你 no哩媽思

♣ 沾番茄醬。

ケチャップ を つけます。
ke.cha.ppu. o. tsu.ke.ma.su.
開掐・撲 喔 此開媽思

豆知識

在日本的速食店購買薯條時，店家通常不會主動附上番茄醬，需要的話要記得向店員索取。

• 194

コ

羅馬拼音	**ko**	中文式發音	ㄎ

說明

源自漢字「己」的部分。

實用單字

コール	呼喚
ㄎ－嚕	ko.o.ru.

コーヒー	咖啡
ㄎ－he－	ko.o.hi.i.

コンサート	音樂會／演唱會
ㄎ嗯撒－偷	ko.n.sa.a.to.

コンビニ	便利商店
ㄎ嗯逼你	ko.n.bi.ni.

コントロール	控制
ㄎ嗯偷摟－嚕	ko.n.to.ro.o.ru.

コーン	玉米
ㄎ－嗯	ko.o.n.

應用短句

♣ 請給我咖啡。

コーヒー　ください。
ko.o.hi.i.　ku.da.sa.i.
ㄖ－he－　哭搭撒衣

♣ 去看音樂會。

コンサート　に　行きます。
ko.n.sa.a.to.　ni.　i.ki.ma.su.
ㄖ嗯撒－偷　你　衣key媽思

♣ 在便利商店買。

コンビニ　で　買います。
ko.n.bi.ni.　de.　ka.i.ma.su.
ㄖ嗯逼你　爹　咖衣媽思

♣ 無法控制。

コントロール　できません。
ko.n.to.ro.o.ru.　de.ki.ma.se.n.
ㄖ嗯偷摟－嚕　爹key媽誰嗯

♣ 喝玉米湯。

コーンスープ　を　飲みます。
ko.o.n.su.u.pu.　o.　no.mi.ma.su.
ㄖ－嗯思－撲　喔　no咪媽思

豆知識

日文的便利商店「コンビニ」是從「コンビニエンススストア」省略而來的。日文裡會省略過長的單字，因此經常出現新的單字或用法。

サ

羅馬拼音	sa	中文式發音	撒

説　明

源自漢字「散」的部分。

實用單字

サッカー	足球
撒・咖一	sa.kka.a.

サーモン	鮭魚
撒一謀嗯	sa.a.mo.n.

サンドイッチ	三明治
撒嗯兜衣・漆	sa.n.do.i.cchi.

サービス	服務
撒一逼思	sa.a.bi.su.

サイズ	尺寸
撒衣資	sa.i.zu.

サラリーマン	一般公司社員
撒啦哩一媽嗯	sa.ra.ri.i.ma.n.

サプライズ	驚喜
撒撲啦衣資	sa.pu.ra.i.zu.

平假名篇 ひらがな

● 片假名篇 かたかな

促音、長音篇

應用短句

♣ 玩足球。

サッカー を やります。
sa.kka.a. o. ya.ri.ma.su.
撒一咖一 喔 呀哩媽思

- -

♣ 做三明治。

サンドイッチ を 作ります。
sa.n.do.i.cchi. o. tsu.ku.ri.ma.su.
撒嗯兜衣·漆 喔 此哭哩媽思

♣ 服務周到。

サービス が いい です。
sa.a.bi.su. ga. i.i. de.su.
撒一逼思 嘎 衣一 爹思

- -

♣ 尺寸剛好。

サイズ が あいます。
sa.i.zu. ga. a.i.ma.su.
撒衣資 嘎 阿衣媽思

- -

♣ 準備驚喜。

サプライズ を 用意 します。
sa.pu.ra.i.zu. o. yo.u.i. shi.ma.su.
撒撲啦衣資 喔 優一衣 吸媽思

- -

豆知識

日文裡的尺寸「サイズ」，就是用英文裡的「size」
這個字。像這樣沿用外文單字的例子，在日文中經
常出現，所以到日本遇到不會講單字時，不妨試著
用英文說說看，搞不好對方不懂你的意思。

シ

羅馬拼音	**shi**	中文式發音	吸

説明

源自漢字「之」的部分。

實用單字

シーズン	季節
吸－資嗯	shi.i.zu.n.

システム	系統
吸思貼母	shi.su.te.mu.

シートベルト	安全帶
吸－偷背嚕偷	shi.i.to.be.ru.to.

シングル	單曲／單人
吸嗯古嚕	shi.n.gu.ru.

シンプル	簡單
吸嗯撲嚕	shi.n.pu.ru.

シリーズ	系列
吸哩－資	shi.ri.i.zu.

平假名篇 ひらがな

● 片假名篇 かたかな

促音、長音篇

應用短句

♣ 參加考試。

試験 を 受けます。

shi.ke.n. o. u.ke.ma.su.

吸開嗯 喔 烏開媽思

♣ 繫上安全帶。

シートベルト を 締めます。

shi.i.to.be.ru.to. o. shi.me.ma.su.

吸一偷背嚕偷 喔 吸妹媽思

♣ 出單曲。

シングル を 出します。

shi.n.gu.ru. o. da.shi.ma.su.

吸嗯古嚕 喔 搭吸媽思

♣ 簡單的設計。

シンプル な デザイン です。

shi.n.pu.ru. na. de.za.i.n. de.su.

吸嗯撲嚕 拿 爹紮衣嗯 爹思

♣ 這個系列的電影很有趣。

この 映画 シリーズ は 面白い です。

ko.no. e.i.ga. shi.ri.i.zu. wa. o.mo.shi.ro.i. de.su.

口no 廿一嘎 吸哩一資 哇 歐謀吸摟衣 爹思

ス

羅馬拼音	**su**	中文式發音	思

説　明

源自漢字「須」的部分。

實用單字

スープ	湯
思－撲	su.u.pu.

スカート	裙子
思咖－偷	su.ka.a.to.

スポーツ	運動
思剖－此	su.po.o.tsu.

スキー	滑雪
思key－	su.ki.i.

スケジュール	行程
思開居－嚕	su.ke.ju.u.ru.

スタート	開始
思他－偷	su.ta.a.to.

平假名篇 ひらがな

● 片假名篇 かたかな

促音、長音篇

應用短句

♣喝湯。

スープ を 飲みます。
su.u.pu. o. no.mi.ma.su.
思一撲 喔 no咪媽思

♣穿裙子。

スカート を 穿きます。
su.ka.a.to. o. ha.ki.ma.su.
思咖一偷 喔 哈key媽思

♣從事運動。

スポーツ を します。
su.po.o.tsu. o. shi.ma.su.
思剖一此 喔 吸媽思

♣喜歡滑雪。

スキー が 好きです。
su.ki.i. ga. su.ki.de.su.
思key一 嘎 思key爹思

♣開始。

スタート します。
su.ta.a.to. shi.ma.su.
思他一偷 吸媽思

セ

| 羅馬拼音 | **se** | 中文式發音 | 誰 |

説　明

源自漢字「世」的部分。

實用單字

セブン	7／7－11便利商店
誰捕嗯	se.bu.n.

セット	成套／組合／裝置
誰・偷	se.tto.

センチ	公分
誰嗯漆	se.n.chi.

センス	感覺／品味
誰嗯思	se.n.su.

セーター	毛衣
誰－他－	se.e.ta.a.

セロテープ	透明膠帶
誰搜貼－撲	se.ro.te.e.pu.

我的 超日文 50音

應用短句

♣去7-11。

セブン へ 行きます。
se.bu.n. e. i.ki.ma.su.
誰捕嗯 せ 衣key媽思

♣請問有幾公分。

何 センチ です か。
na.n. se.n.chi. de.su. ka.
拿嗯 誰嗯漆 爹思 咖

♣品味很好。

センス が いい です。
se.n.su. ga. i.i. de.su.
誰嗯思 嘎 衣一 爹思

♣穿毛衣。

セーター を 着ます。
se.e.ta.a. o. ki.ma.su.
誰一他 喔 key媽思

豆知識

日本較有名的便利商店有:「ローソン」(Lawson)、「ファミマー」(FamilyMart)、「セブン」(7-11)、「エーピー」(am／pm)、「サンクス」(OK)等。

ソ

羅馬拼音	SO	中文式發音	搜

説明

源自漢字「曾」的部分。

實用單字

ソックス	襪子
搜・哭思	so.kku.su.

ソファー	沙發
搜發－	so.fa.a.

ソフトクリーム	霜淇淋
搜夫偷哭哩－母	so.fu.to.ku.ri.i.mu.

ソーセージ	熱狗／香腸
搜－誰－基	so.o.se.e.ji.

ソース	沾醬
搜－思	so.o.su.

ソフト	軟／軟體
搜夫偷	so.fu.to.

● 平假名篇 ひらがな

● 片假名篇 かたかな

促音・長音篇

應用短句

♣ 躺在沙發上。

ソファー に 横に なります。
so.fa.a. ni. yo.ko.ni. na.ri.ma.su.
搜發一 你 優口你 拿哩媽思

♣ 給我一份霜淇淋。

ソフトクリーム を 一つ ください。
so.fu.to.ku.ri.i.mu. o. hi.to.tsu. ku.da.sa.i.
搜夫特哭哩一母 喔 he偷此 哭搭撒衣

♣ 吃香腸。

ソーセージ を 食べます。
so.o.se.e.ji. o. ta.be.ma.su.
搜一誰一基 喔 他背媽思

♣ 沾上醬汁。

ソース を つけます。
so.o.su. o. tsu.ke.ma.su.
搜一思 喔 此開媽思

♣ 一個人獨舞。

ソロ で 踊ります。
so.ro. de. o.do.ri.ma.su.
搜撲 爹 歐兜哩媽思

タ

羅馬拼音	ta	中文式發音	他

説　明

源自漢字「多」的部分。

實用單字

タクシー 他哭吸ー	計程車 ta.ku.shi.i.
タオル 他歐嚕	毛巾 ta.o.ru.
ターミナル 他ー咪拿嚕	終點站／航站／出發點 ta.a.mi.na.ru.
タイツ 他衣此	內搭緊身褲／緊身衣 ta.i.tsu.
ターゲット 他ー給・偷	目標 ta.a.ge.tto.
タルト 他嚕偷	（糕點類）塔 ta.ru.to.

平假名篇 ひらがな

● 片假名篇 かたかな

促音、長音篇

應用短句

♣ 坐計程車去。

タクシー で 行きます。
ta.ku.shi.i. de. i.ki.ma.su.
他哭吸一 爹 衣key媽思

♣ 用毛巾擦。

タオル で 拭きます。
ta.o.ru. de. fu.ki.ma.su.
他歐嚕 爹 夫key媽思

♣ 下一站是終點站。

次 は ターミナル です。
tsu.gi. wa. ta.a.mi.na.ru. de.su.
此個衣 哇 他一咪拿嚕 爹斯

♣ 穿內搭褲。

タイツ を 穿きます。
ta.i.tsu. o. ha.ki.ma.su.
他衣此 喔 哈key媽思

♣ 喜歡吃水果塔。

タルト が 好き です。
ta.ru.to. ga. su.ki. de.su.
他嚕偷 嘎 思key 爹思

チ

| 羅馬拼音 | chi | 中文式發音 | 漆 |

說　明

源自漢字「千」的部分。

實用單字

| **チキン** | 雞肉 |
| 漆key嗯 | chi.ki.n. |

| **チリソース** | 辣醬 |
| 漆哩搜－思 | chi.ri.so.o.su. |

| **チーズ** | 起士 |
| 漆－資 | chi.i.zu. |

| **チーム** | 隊伍 |
| 漆－母 | chi.i.mu. |

| **チケット** | 票 |
| 漆開・偷 | chi.ke.tto. |

| **チップス** | 洋芋片 |
| 漆・撲思 | chi.ppu.su. |

應用短句

♣ 吃炸雞排。

チキンカツ　を　食べます。
chi.ki.n.ka.tsu.　o.　ta.be.ma.su.
漆key嗯咖此　喔　他背媽思

♣ 沾辣醬。

チリソース　を　つけます。
chi.ri.so.o.su.　o.　tsu.ke.ma.su.
漆哩搜一思　喔　此開媽思

♣ 起士溶化。

チーズ　が　溶けます。
chi.i.zu.　ga.　to.ke.ma.su.
漆一資　嘎　偷開媽思

♣ 組隊伍。

チーム　を　組みます。
chi.i.mu.　o.　ku.mi.ma.su.
漆一母　喔　哭咪媽思

♣ 買票。

チケット　を　買います。
chi.ke.tto.　o.　ka.i.ma.su.
漆開・偷　喔　咖衣媽思

ツ

羅馬拼音	tsu	中文式發音	此

説　明

源自漢字「川」的部分。

実用單字

ツイン	雙人／雙胞胎
此衣嗯	tsu.i.n.

ツリー	樹
此哩一	tsu.ri.i.

ツール	工具
此一嚕	tsu.u.ru.

ツアー	旅行／巡迴
此阿一	tsu.a.a.

ツナ	鮪魚（罐裝的）
此拿	tsu.na.

ツー	2
此一	tsu.u.

● 平假名篇 ひらがな

● 片假名篇 かたかな

促音、長音篇

應用短句

♣ 住雙人房。

ツインルーム　に　泊まります。

tsu.i.n.ru.u.mu.　ni.　to.ma.ri.ma.su.

此衣嗯嚕一母　你　偷媽哩媽思

♣ 買聖誕樹。

クリスマスツリー　を　買います。

ku.ri.su.ma.su.tsu.ri.i.　o.　ka.i.ma.su.

哭哩思媽思此哩一　喔　咖衣媽思

♣ 參加巴士旅遊。

バスツアー　に　参加　します。

ba.su.tsu.a.a.　ni.　sa.n.ka.　shi.ma.su.

巴思此阿一　你　撒嗯咖　吸媽思

♣ 買鮪魚罐頭。

ツナ缶　を　買います。

tsu.na.ka.na.　o.　ka.i.ma.su.

此拿咖嗯　喔　咖衣媽思

テ

| 羅馬拼音 | **te** | 中文式發音 | 貼 |

説　明

源自漢字「天」的部分。

實用單字

テレビ	電視
貼勒逼	te.re.bi.

テープ	錄音帶／膠帶
貼一撲	te.e.pu.

テーブル	桌子
貼一捕嚕	te.e.bu.ru.

テキスト	教科書
貼key思偷	te.ki.su.to.

テスト	考試／嘗試
貼思偷	te.su.to.

テーマ	主題
貼一媽	te.e.ma.

平假名篇 ひらがな

片假名篇 かたかな

促音、長音篇

應用短句

♣ 打開電視。

テレビ を つけます。
te.re.bi. o. tsu.ke.ma.su.
貼勒逼 喔 此開媽思

♣ 用膠帶把海報貼起來。

テープ で ポスター を 貼ります。
te.e.pu. de. po.su.ta.a. o. ha.ri.ma.su.
貼一撲 爹 剖思他一 喔 哈哩媽思

♣ 放在桌子上。

テーブル に おきます。
te.e.bu.ru. ni. o.ki.ma.su.
貼一捕嚕 你 歐key媽思

♣ 讀教科書。

テキスト を 読みます。
te.ki.su.to. o. yo.mi.ma.su.
貼key思偷 喔 優咪媽思

♣ 主題是什麼。

テーマ は 何 です か。
te.e.ma. wa. na.n. de.su. ka.
貼一媽 哇 拿嗯 爹思 咖

ト

| 羅馬拼音 | **to** | 中文式發音 | 偷 |

● 平假名篇 ひらがな

● 片假名篇 かたかな

● 促音、長音篇

説 明

源自漢字「止」的部分。

實用單字

トースト	土司
偷一思偷	to.o.su.to.

トマト	番茄
偷媽偷	to.ma.to.

トーク	談話
偷一哭	to.o.ku.

トースター	烤麵包機
偷一思他一	to.o.su.ta.a.

トイレ	廁所
偷衣勒	to.i.re.

トラック	貨車
偷啦・哭	to.ra.kku.

應用短句

♣ 吃土司。

トースト を 食べます。
to.o.su.to. o. ta.be.ma.su.
偷一思偷 喔 他背媽思

♣ 種番茄。

トマト を 植えます。
to.ma.to. o. u.e.ma.su.
偷媽偷 喔 烏せ媽思

♣ 看談話節目。

トーク 番組 を 見ます。
to.o.ku. ba.n.gu.mi. o. mi.ma.su.
偷一哭 巴嗯古咪 喔 咪媽思

♣ 去廁所。

トイレ に 行きます。
to.i.re. ni. i.ki.ma.su.
偷衣勒 你 衣key媽思

♣ 用貨車運送。

トラック で 運びます。
to.ra.kku. de. ha.ko.bi.ma.su.
偷啦・哭 爹 哈口逼媽思

豆知識

日文的卡車「トラック」和閩南語中的「拖拉庫」
是相同的說法。

● 平假名篇 ひらがな
● 片假名篇 かたかな
● 促音、長音篇

ナ

| 羅馬拼音 | **na** | 中文式發音 | 拿 |

説　明

源自漢字「奈」的部分。

實用單字

ナイフ	刀子
拿衣夫	na.i.fu.

ナイト	晚上
拿衣偷	na.i.to.

ナース	護士
拿一思	na.a.su.

ナルシシスト	自戀
拿嚕吸吸思偷	na.ru.shi.shi.su.to.

ナビゲーション	導航／導引
拿逼給一休嗯	na.bi.ge.e.sho.n.

ナイス	好的
拿衣思	na.i.su.

應用短句

♣用刀子切。

ナイフ で 切ります。
na.i.fu. de. ki.ri.ma.su.
拿衣夫 爹 key哩媽思

♣看夜間比賽。

ナイトゲーム を 見ます。
na.i.to.ge.e.mu. o. mi.ma.su.
拿衣偷給一母 喔 咪媽思

♣成為護士。

ナース に なりました。
na.a.su. ni. na.ri.ma.shi.ta.
拿一思 你 拿哩媽思

♣那個人很自戀。

あの人 は ナルシシスト です。
a.no.hi.to. wa. na.ru.shi.shi.su.to. de.su.
阿nohe偷 哇 拿嚕吸吸思偷 爹思

♣接得好！

ナイスキャッチ。
na.i.su.kya.cchi.
拿衣思克呀漆

豆知識

「ナルシシスト」也可以說成「ナルシスト」。

二

| 羅馬拼音 | **ni** | 中文式發音 | 你 |

●平假名篇 ひらがな

●片假名篇 かたかな

●促音・長音篇

説明

源自漢字「二」的部分。

實用單字

ニート	在家中依賴父母的人
你－偷	ni.i.to.

ニーズ	需求
你－資	ni.i.zu.

應用短句

♣ 不想依賴父母。

ニート	に	なり	たくない	です。
ni.i.to.	ni.	ni.ri.	ta.ku.na.i.	de.su.
你－偷	你	拿哩	他哭拿衣	爹思

♣ 迎合客戶人的需求。

お客様	の	ニーズ	に	応じます。
o.kya.ku.sa.ma.	no.	ni.i.zu.	ni.	o.o.ji.ma.su.
歐克呀哭撒媽	no	你－資	你	歐－基媽思

ヌ

| 羅馬拼音 | **nu** | 中文式發音 | 奴 |

説　明

源自漢字「奴」的部分。

實用單字

| ヌードル | 麵條。 |
| 奴一兜嚕 | nu.u.do.ru. |

應用短句

♣ 吃泡麵。

インスタントヌードル を　食べます。
i.n.su.ta.n.to.nu.u.do.ru.　o.　ta.be.ma.su.
衣嗯思他嗯倫奴一兜嚕　喔　他背媽思

🎵 111

ネ

| 羅馬拼音 | **ne** | 中文式發音 | 內 |

説　明

源自漢字「祢」的部分。

實用單字

| ネイティブ | 本國人 |
| 內一踢捕 | ne.i.ti.bu. |

ネット	網路／網
內・偷	ne.tto.

ネイル	指甲
內一嚕	ne.i.ru.

應用短句

♣ 他是道地的美國人。

彼	は	ネイティブ	アメリカン	です。
ka.re.	wa.	ne.i.ti.bu.	a.me.ri.ka.n.	de.su.
咖勒	哇	內一踢捕	阿妹哩咖嗯	爹思

- -

♣ 在網路上買衣服。

ネット	で	買い物	します。
ne.tto.	de.	ka.i.mo.no.	shi.ma.su.
內・偷	爹	咖衣謀no	吸媽思

- -

🔊 112

ノ

羅馬拼音	**no**	中文式發音	**no**

説　明

源自漢字「乃」的部分。

實用單字

ノック	敲
no・哭	no.kku.

ノーコメント	不予置評
no一口妹嗯偷	no.o.ko.me.n.to.

ノミネート	提名
no咪內一偷	no.mi.ne.e.to.

ノート	筆記／筆記本
no一偷	no.o.to.

ノータッチ	不碰／不提
no一他・漆	no.o.ta.cchi.

ノーマル	普通
no一媽嚕	no.o.ma.ru.

應用短句

♣敲門。

ドア を ノック します。
do.a. o. no.kku. shi.ma.su.
兜阿 喔 no・哭 吸媽思

♣不予置評。

ノーコメント です。
no.o.ko.me.n.to. de.su.
no一口妹嗯偷 爹思

♣被提名新人賞。

新人賞 に ノミネート されました。
shi.n.ji.n.sho.u. ni. no.mi.ne.e.to. sa.re.ma.shi.ta.
吸嗯基嗯休一 你 no咪內一偷 撒勒媽吸他

♣買筆記本。

ノート を 買います。
no.o.to. o. ka.i.ma.su.
no一偷 喔 咖衣媽思

ハ

| 羅馬拼音 | **ha** | 中文式發音 | 哈 |

説 明

源自漢字「八」的部分。

實用單字

ハーフ	混血兒
哈一夫	ha.a.fu.

ハイキング	健行
哈衣key嗯古	ha.i.ki.n.gu.

ハンカチ	手帕
哈嗯咖漆	ha.n.ka.chi.

ハグ	擁抱
哈古	ha.gu.

ハンサム	帥
哈嗯撒母	ha.n.sa.mu.

ハンバーグ	漢堡排
哈嗯巴一古	ha.n.ba.a.gu.

應用短句

♣她是混血兒。

彼女　は　ハーフ　です。
ka.no.jo.　wa.　ha.a.fu.　de.su.
咖no糾　哇　哈一夫　爹思

♣去健行。

ハイキング　　に　行きます。
ha.i.ki.n.gu.　　ni.　i.ki.ma.su.
哈衣key嗯古　　你　衣key媽思

♣拿手帕。

ハンカチ　を　持ちます。
ha.n.ka.chi.　o.　mo.chi.ma.su.
哈嗯咖漆　喔　謀漆媽思

♣擁抱。

ハグ　します。
ha.gu.　shi.ma.su.
哈古　吸媽思

♣吃漢堡排。

ハンバーグ　を　食べ　たい　です。
ha.n.ba.a.gu.　o.　ta.be.　ta.i.　de.su.
哈嗯巴一古　喔　他背　他衣　爹思

豆知識

混血兒是叫「ハーフ」，而日文裡還有一個名詞則
是「ニューハーフ」指的則是變性人。

ヒ

| 羅馬拼音 | **hi** | 中文式發音 | **he** |

説　明

源自漢字「比」的部分。

實用單字

ヒーター	暖爐
he－他－	hi.i.ta.a.

ヒット	熱門
he・偷	hi.tto.

ヒップホップ	嘻哈饒舌樂
he・撲吼・撲	hi.ppu.ho.ppu.

ヒーロー	英雄
He－撲－	hi.i.ro.o.

ヒート	熱
He－偷	hi.i.to.

應用短句

♣ 穿高跟鞋。

ハイヒール を 履きます。
ha.i.hi.i.ru. o. ha.ki.ma.su.
哈衣he－嚕 喔 哈key媽思

♣ 關掉暖爐。

ヒーター を 消します。
hi.i.ta.a. o. ke.shi.ma.su.
he－他－ 喔 開吸媽思

♣ 大受歡迎。

大ヒット します。
da.i.hi.tto. shi.ma.su.
搭衣he・偷 吸媽思

♣ 喜歡嘻哈。

ヒップホップ が 好き です。
hi.ppu.ho.ppu. ga. su.ki. de.su.
he・撲吼・撲 嘎 思key 爹思

♣ 成為國家的英雄。

国 の ヒーロー に なりました。
ku.ni. no. hi.i.ro.o. ni. na.ri.ma.shi.ta.
哭你 no no－摟－ 你 拿哩媽吸他

フ

| 羅馬拼音 | **fu** | 中文式發音 | 夫 |

說　明

源自漢字「不」的部分。

實用單字

フルーツ	水果
夫嚕一此	fu.ru.u.tsu.

フル	完全／完整
夫嚕	fu.ru.

應用短句

♣ 吃水果。

フルーツ	を	食べます。
fu.ru.u.tsu.	o.	ta.be.ma.su.
夫嚕一此	喔	他背媽思

へ

羅馬拼音	**he**	中文式發音	嘿

説　明

源自漢字「部」的部分。

實用單字

ヘリコプター／ヘリ	直升機
嘿哩口撲他－／嘿哩	he.ri.ko.pu.ta.a./he.ri.

ヘア	頭髮
嘿阿	he.a.

應用短句

♣坐直升機。

ヘリ　に　乗ります。
he.ri.　ni.　no.ri.ma.su.
嘿哩　你　no哩媽思

- -

♣染頭髮。

ヘアカーラー　します。
he.a.ka.a.ra.a.　shi.ma.su.
嘿阿咖－啦－　吸媽思

- -

ホ

| 羅馬拼音 | **ho** | 中文式發音 | 吼 |

説明

源自漢字「保」的部分。

實用單字

ホームレス	遊民／街友
吼一母勒思	ho.o.mu.re.su.

ホームページ	網頁
吼一母呸一基	ho.o.mu.pe.e.ji.

ホテル	飯店
吼貼嚕	ho.te.ru.

應用短句

♣ 他是街友。

彼	は	ホームレス	です。
ka.re.	wa.	ho.o.mu.re.su.	de.su.
咖勒	哇	吼一母勒思	爹思

♣ 住飯店。

ホテル	に	泊まります。
ho.te.ru.	ni.	to.ma.ri.ma.su.
吼貼嚕	你	偷媽哩媽思

マ	
羅馬拼音 **ma**	中文式發音 媽

説　明

源自漢字「万」的部分。

實用單字

マラソン	馬拉松
媽啦搜嗯	ma.ra.so.n.

マーク	做記號／商標
媽一哭	ma.a.ku.

マンション	高級公寓
媽嗯休嗯	ma.n.sho.n.

マーカー	麥克筆
媽一咖一	ma.a.ka.a.

マーガリン	乳瑪琳
媽一嘎哩嗯	ma.a.ga.ri.n.

マシン	機器
媽吸嗯	ma.shi.n.

應用短句

♣ 跑馬拉松。

マラソン を します。
ma.ra.so.n. o. shi.ma.su.
媽啦搜嗯　喔　吸媽思

♣ 做記號。

マーク します。
ma.a.ku. shi.ma.su.
媽一哭　吸媽思

♣ 蓋高級公寓。

マンション を 建てます。
ma.n.sho.n. o. ta.te.ma.su.
媽嗯休嗯　喔　他貼媽思

♣ 用麥克筆寫。

マーカー で 書きます。
ma.a.ka.a. de. ka.ki.ma.su.
媽一咖一　爹　咖key媽思

♣ 機器運轉。

マシン が 動きます。
ma.shi.n. ga. u.go.ki.ma.su.
媽吸嗯　嘎　烏狗key媽思

ミ

羅馬拼音	mi	中文式發音	咪

說 明

源自漢字「三」的部分。

實用單字

ミートソース	肉醬
咪－偷搜－思	mi.i.to.so.o.su.

ミキサー	果汁機
咪key撒－	mi.ki.sa.a.

ミルク	牛奶
咪嚕哭	mi.ru.ku.

ミリ	釐米
咪哩	mi.ri.

ミーティング	會議
咪－踢嗯古	mi.i.ti.n.gu.

ミス	錯誤
咪思	mi.su.

應用短句

♣ 吃義大利肉醬麵。

ミートソース の パスタ を 食べます。
mi.i.to.so.o.su. no. pa.su.ta. o. ta.be.ma.su.
咪一偷捜一思 no 趴思他 喔 他背媽思

♣ 用果汁機做果汁。

ミキサー で ジュース を 作ります。
mi.ki.sa.a. de. ju.u.su. o. tsu.ku.ri.ma.su.
咪key撒一 爸 居一思 喔 此哭哩媽思

♣ 有會議。

ミーティング が あります。
mi.i.ti.n.gu. ga. a.ri.ma.su.
咪一踢嗯古 嘎 阿哩媽思

♣ 我的錯。

私 の ミス です。
wa.ta.shi. no. mi.su. de.su.
哇他吸 no 咪思 爹思

豆知識

日文裡有一句慣用語是「ミイラ取りがミイラにな
る」，意思是適得其反。

ム

| 羅馬拼音 | **mu** | 中文式發音 | 母 |

說明

源自漢字「牟」的部分。

實用單字

ムード	氣氛
母一兜	mu.u.do.

ムース	慕絲
母一思	mu.u.su.

應用短句

♣ 有氣氛的店。

ムード の ある 店 です。
mu.u.do. no. a.ru. mi.se. de.su.
母一兜　　no　阿嚕　咪誰　爹思

♣ 她是帶動氣氛者。

彼女 は ムードメーカー です。
ka.no.jo. wa. mu.u.do.me.e.ka.a. de.su.
咖no糾　哇　母一兜妹一咖一　　爹思

メ

羅馬拼音	**me**	中文式發音	妹

説 明

源自漢字「女」的部分。

實用單字

メジャー	主要的／主修／正式
妹加一	me.ja.a.

メーク	化妝
妹一哭	me.e.ku.

メアド	電子郵件帳號
妹阿兜	me.a.do.

メール	郵件
妹一嚕	me.e.ru.

メーン	主要的
妹一嗯	me.e.n.

應用短句

♣正式出道。

メジャーデビュー　します。
me.ja.a.de.byu.u.　shi.ma.su.
妹加一爹逼優－　　吸媽思

♣化妝。

メーク　します。
me.e.ku.　shi.ma.su.
妹－哭　　吸媽思

♣腳踏車的製造廠。

自転車　　の　メーカー　です。
ji.te.n.sha.　no.　me.e.ka.a.　de.su.
基貼嗯瞎　no　妹－咖－　爸思

♣寄電子郵件。

メール　を　送信　　　します。
me.e.ru.　o.　so.u.shi.n.　shi.ma.su.
妹－嚕　喔　搜一吸嗯　吸媽思

豆知識

日本人習慣用手機傳送郵件，就類似我們的手機簡訊。

モ

| 羅馬拼音 | **mo** | 中文式發音 | 謀 |

説　明

源自漢字「毛」的部分。

實用單字

モデル	模特兒／模型
謀爹嚕	mo.de.ru.

モニター	螢幕
謀你他一	mo.ni.ta.a.

モップ	拖把
謀・撲	mo.ppu.

モード	狀態
謀一兜	mo.o.do.

モール	商場
謀一嚕	mo.o.ru.

應用短句

♣ 想成為模特兒。

モデル　に　なり　たい　です。
mo.de.ru.　ni.　na.ri.　ta.i.　de.su.
謀爹嚕　你　拿哩　他衣　爹思

♣ 買螢幕。

モニター　を　買います。
mo.ni.ta.a.　o.　ka.i.ma.su.
謀你他　喔　咖衣媽思

♣ 用拖把擦。

モップ　で　拭きます。
mo.ppu.　de.　fu.ki.ma.su.
謀・撲　爹　夫key媽思

♣ 請用靜音模式。

マナーモード　に　して　ください。
ma.na.a.mo.o.do.　ni.　shi.te.　ku.da.sa.i.
媽拿一謀一兜　你　吸貼　哭搭撒衣

♣ 去購物商場。

ショッピングモール　へ　行きます。
sho.ppi.n.gu.mo.o.ru.　e.　i.ki.ma.su.
休・披嗯古謀一嚕　せ　衣key媽思

ヤ

| 羅馬拼音 | **ya** | 中文式發音 | 呀 |

説　明

源自漢字「也」的部分。

實用單字

| ヤクルト | 養樂多 |
| 呀哭嚕偷 | ya.ku.ru.to. |

| ヤード | 碼 |
| 呀－兜 | ya.a.do. |

應用短句

♣喝養樂多。

ヤクルト　を　飲みます。
ya.ku.ru.to.　o.　no.mi.ma.su.
呀哭嚕偷　喔　no咪媽思

♣大叫「呀呼！」

ヤッホー　と　叫び　たい　です。
ya.hho.o.　to.　sa.ke.bi.　ta.i.　de.su.
呀‧吼－　偷　撒開逼　他衣　爹思

ユ

| 羅馬拼音 | **yu** | 中文式發音 | 瘀 |

源自漢字「由」的部分。

實用單字

ユーモア	幽默
瘀一謀阿	yu.u.mo.a.
ユーターン	調頭/返回
瘀一他一嗯	yu.u.ta.a.n.
ユーロ	歐元
瘀一摟	yu.u.ro.
ユーザー	使用者
瘀一紮一	yu.u.za.a.
ユニーク	特別的
瘀你一哭	yu.ni.i.ku.
ユニット	單位/單元
瘀你・偷	yu.ni.tto.

應用短句

♣ 有幽默感。

ユーモア が あります。
yu.u.mo.a. ga. a.ri.ma.su.
瘀一謀阿　嘎　阿哩媽思

♣ 調頭。／回轉

ユーターン します。
yu.u.ta.a.n. shi.ma.su.
瘀一他一嗯　吸媽思

♣ 需要多少歐元？

何 ユーロ かかります か。
na.n. yu.u.ro. ka.ka.ri.ma.su. ka.
拿嗯　瘀一撥　咖咖哩媽思　咖

♣ 使用者登入。

ユーザー 登録 します。
yu.u.za.a. to.u.ro.ku. shi.ma.su.
瘀一紫一　偷一撥哭　吸媽思

豆知識

日文裡的「ユーターン」，除了是指車子調頭外，也用來指假期結束，從各地返回工作城市的動作。

ヨ

| 羅馬拼音 | yo | 中文式發音 | 優 |

説明

源自漢字「與」的部分。

實用單字

| ヨーロッパ | 歐洲 |
| 優一摟・趴 | yo.o.ro.ppa. |

| ヨーガ | 瑜珈 |
| 優一嘎 | yo.o.ga. |

| ヨット | 遊艇／帆船 |
| 優・偷 | yo.tto |

應用短句

♣去歐洲旅行。

ヨーロッパ　へ　旅行　　に　行きます。
yo.o.ro.ppa.　e.　ryo.ko.u.　ni.　i.ki.ma.su.
優一摟・趴　せ　溜ロー　你　衣key媽思

- -

♣搭遊艇。

ヨット　に　乗ります。
yo.tto.　ni.　no.ri.ma.su.
優・偷　你　no哩媽思

- -

ラ

| 羅馬拼音 | **ra** | 中文式發音 | 啦 |

説　明
源自漢字「良」的部分。

實用單字

ラジオ	收音機
啦基歐	ra.ji.o.

ラーメン	拉麵
啦－妹嗯	ra.a.me.n.

ライブ	演唱會／生活
拉衣捕	ra.i.bu.

ライオン	獅子
拉衣歐嗯	ra.i.o.n.

ライター	打火機
拉衣他－	ra.i.ta.a.

ライス	飯
拉衣思	ra.i.su.

平假名篇 ひらがな

● 片假名篇 かたかな

促音、長音篇

應用短句

♣ 聽收音機。

ラジオ を 聴きます。
ra.ji.o.　o.　ki.ki.ma.su.
啦基歐　喔　keykey媽思

♣ 吃拉麵。

ラーメン を 食べます。
ra.a.me.n.　o.　ta.be.ma.su.
啦一妹嗯　喔　他背媽思

♣ 去看演唱會。

ライブ に 行きます。
ra.i.bu.　ni.　i.ki.ma.su.
啦衣捕　你　衣key媽思

♣ 用打火機。

ライター を 使います。
ra.i.ta.a.　o.　tsu.ka.i.ma.su.
啦衣他一　喔　此開媽思

♣ 做蛋包飯。

オムライス を 作ります。
o.mu.ra.i.su.　o.　tsu.ku.ri.ma.su.
歐母啦長思　喔　此哭哩媽思

リ

| 羅馬拼音 | **ri** | 中文式發音 | 哩 |

説　明

源自漢字「利」的部分。

實用單字

リラックス	放鬆
哩啦・哭思	ri.ra.kku.su.

リセット	重新開始／重開機
哩誰・偷	ri.se.tto.

リスト	名單
哩思偷	ri.su.to.

リビング	客廳
哩逼嗯古	ri.bi.n.gu.

リーダー	領袖／隊長
哩一搭一	ri.i.da.a.

リード	領先
哩一兜	ri.i.do.

平假名篇 ひらがな

● 片假名篇 かたかな

促音・長音篇

應用短句

♣ 能放鬆。

リラックス　できます。
ri.ra.kku.su.　de.ki.ma.su.
哩啦‧哭思　爹key媽思

♣ 重新開始。

リセット　します。
ri.se.tto.　shi.ma.su.
哩誰‧偷　吸媽思

♣ 在客廳。

リビング　に　います。
ri.bi.n.gu.　ni.　i.ma.su.
哩逼嗯古　你　吸媽思

♣ 被選為隊長。

リーダー　に　選ばれます。
ri.i.da.a.　ni.　e.ra.ba.re.ma.su.
哩一搭一　你　せ啦巴勒媽思

♣ 正領先。

リード　して　います。
ri.i.do.　shi.te.　i.ma.su.
哩一兜　吸貼　衣媽思

ル

| 羅馬拼音 | **ru** | 中文式發音 | 嚕 |

說明

源自漢字「流」的部分。

實用單字

| ルビー | 紅寶石 |
| 嚕逼一 | ru.bi.i. |

| ルーム | 房間 |
| 嚕一母 | ru.u.mu. |

| ルーキー | 新人 |
| 嚕－key－ | ru.u.ki.i. |

| ルール | 規則 |
| 嚕一嚕 | ru.u.ru. |

應用短句

♣ 決定規則。

ルール を 決めます。
ru.u.ru. o. ki.me.ma.su.
嚕一嚕 喔 key妹媽思

レ	
羅馬拼音 **re**	中文式發音 勒

説明

源自漢字「礼」的部分。

實用單字

レポート	報告
勒剖一偷	re.po.o.to.

レモン	檸檬
勒謀嗯	re.mo.n.

レース	比賽
勒一思	re.e.su.

應用短句

♣ 寫報告

レポート を 書きます。
re.po.o.to.　o.　ka.ki.ma.su.
勒剖一偷　喔　咖key媽思

- -

♣ 喝檸檬汁。

レモンジュース を 飲みます。
re.mo.n.ju.u.su.　o.　no.mi.ma.su.
勒謀嗯居一思　喔　no咪媽思

- -

ロ	
羅馬拼音 **ro**	中文式發音 摟

説 明

源自漢字「呂」的部分。

實用單字

ロッカー	置物櫃
摟・咖―	ro.kka.a.

ロケ	外景／出外景
摟開	ro.ke.

ローカル	本地的
摟―咖嚕	ro.o.ka.ru.

ロース	里肌肉
摟―思	ro.o.su.

ロック	搖滾
摟・哭	ro.kku.

應用短句

♣ 投幣式置物櫃在哪裡呢？

コインロッカー は どこ です か。
ko.i.n.ro.kka.a. wa. do.ko. de.su. ka.
口衣嗯摟·咖一 哇 兜口 爹思 咖

♣ 本地的事。

ローカル な 話 です。
ro.o.ka.ru. na. ha.na.shi. de.su.
摟一咖嚕 拿 哈拿吸 爹思

♣ 喜歡搖滾樂。

ロック が 好き です。
ro.kku. ga. su.ki. de.su.
摟·哭 嘎 思key 爹思

豆知識

搖滾樂的日文是「ロックンロール」，簡稱為「ロック」。

ワ

| 羅馬拼音 | **wa** | 中文式發音 | 哇 |

説　明

源自漢字「和」的部分。

實用單字

| ワイン | 紅酒 |
| 哇衣嗯 | wa.i.n. |

ワールド	世界
哇ー嚕兜	wa.a.ru.do.
ワイド	寬的
哇衣兜	wa.i.do.
ワイシャツ	白襯衫
哇衣瞎此	wa.i.sha.tsu.
ワックス	蠟／髮蠟
哇・哭思	wa.kku.su.
ワンピース	連身洋裝
哇嗯披ー思	wa.n.pi.i.su.

應用短句

♣喝紅酒。

ワイン を 飲みます。
wa.i.n.　o.　no.mi.ma.su.
哇衣嗯　喔　no咪媽思

♣看世界盃。

ワールドカップ を 見ます。
wa.a.ru.do.ka.ppu.　o.　mi.ma.su.
哇ー嚕兜咖・撲　喔　咪媽思

♣需要團隊合作的工作。

チームワーク が とれた 作業 です。
chi.i.mu.wa.a.ku.　ga.　to.re.ta.　sa.gyo.u.　de.su.
漆ー母哇ー哭　嘎　倫勒他　撒哥優ー　爹思

251

♣買連身洋裝。

ワンピース を 買います。

wa.n.pi.i.su. o. ka.i.ma.su.

哇嗯披一思 喔 咖衣媽思

🔊 128

ヲ			
羅馬拼音	**o**	中文式發音	喔

説　明

源自漢字「乎」的部分。

ン			
羅馬拼音	**n**	中文式發音	嗯

説　明

源自漢字「尔」的部分。

Part 6 濁音

ガ		
羅馬拼音	**ga**	中文式發音 嘎

説明

源自片假名「カ」，再加上濁點記號「゛」。

實用單字

ガソリン	汽油
嘎搜哩嗯	ga.so.ri.n.

ガイド	導遊／説明書
嘎衣兜	ga.i.do.

ガラス	玻璃
嘎啦思	ga.ra.su.

ガム	口香糖
嘎母	ga.mu.

ガス	瓦斯
嘎思	ga.su.

ガーデン	花園
嘎一爹嗯	ga.a.de.n.

應用短句

♣ 沒汽油了。

ガソリン が 切れます。

ga.so.ri.n. ga. ki.re.ma.su.

嘎搜哩嗯 嘎 key勒媽思

♣ 把油加滿。

ガソリン を 満タン に します。

ga.so.ri.n. o. ma.n.ta.an. ni. shi.ma.su.

嘎搜哩嗯 喔 媽嗯他嗯 你 吸媽思

♣ 玻璃破了。

ガラス を 割って しまいました。

ga.ra.su. o. wa.tte. shi.ma.i.ma.shi.ta.

嘎啦思 喔 哇・貼 吸媽衣媽吸他

♣ 嚼口香糖。

ガム を 噛みます。

ga.mu. o. ka.mi.ma.su.

嘎母 喔 咖咪媽思

豆知識

加油站叫做「ガソリンスタンド」。

ギ

| 羅馬拼音 | **gi** | 中文式發音 | 個衣 |

● 平假名篇 ひらがな

● 片假名篇 かたかな

● 促音、長音篇

說　明

源自片假名「キ」，再加上濁點記號「　゛」。

實用單字

ギフト	禮物
個衣夫偷	gi.fu.to.

ギター	吉他
個衣他－	gi.ta.a.

ギブス	石膏
個衣捕思	gi.bu.su.

ギリシア	希臘
個衣哩吸阿	gi.ri.shi.a.

應用短句

♣ 彈吉他。

ギター	を	弾きます。
gi.ta.a.	o.	hi.ki.ma.su.
個衣他－	喔	hekey媽思

グ

羅馬拼音	**gu**	中文式發音	古

說明

源自片假名「ク」，再加上濁點記號「ﾞ」。

實用單字

グループ	團體
古嚕一撲	gu.ru.u.pu.

グッズ	商品
古・資	gu.zzu.

グミ	軟糖
古咪	gu.mi.

應用短句

♣ 參加團體旅遊。

グループ　旅行　に　参加　します。
gu.ru.u.pu.　ryo.ko.u.　ni.　sa.n.ka.　shi.ma.su.
古嚕一撲　溜ロー　你　撒嗯咖　吸媽思

♣ 作焗烤。

グラタン　を　作ります。
gu.ra.ta.n.　o.　tsu.ku.ri.ma.su.
古啦他嗯　喔　此哭哩媽思

ゲ

| 羅馬拼音 | **ge** | 中文式發音 | 給 |

説　明

源自片假名「ケ」，再加上濁點記號「 ゛ 」。

實用單字

ゲット	得到
給・偷	ge.tto.

ゲーム	遊戲
給一母	ge.e.mu.

ゲスト	來賓
給思偷	ge.su.to.

應用短句

♣ 買到最新商品。

最新商品		を	ゲット	します。
sa.i.shi.n.sho.u.hi.n.	o.	ge.tto.	shi.ma.su.
撒衣吸嗯休－he嗯	喔	給・偷	吸媽思

♣ 來賓是誰？

ゲスト	は	誰	です	か。
ge.su.to.	wa.	da.re.	de.su.	ka.
給思偷	哇	搭勒	爹思	咖

ゴ

| 羅馬拼音 | **go** | 中文式發音 | 狗 |

説　明

源自片假名「コ」，再加上濁點記號「゛」。

實用單字

ゴルフ	高爾夫
狗嚕夫	go.ru.fu.

ゴール	目標
狗一嚕	go.o.ru.

ゴールデンウィーク	黃金週
狗一嚕爹嗯ｗｅ一哭	go.o.ru.de.n.wi.i.ku.

ゴム	橡膠
狗母	go.mu.

應用短句

♣喜歡打高爾夫。

ゴルフ	が	好き	です。
go.ru.fu.	ga.	su.ki.	de.su.
狗嚕夫	嘎	思key	爹思

平假名篇 ひらがな

● 片假名篇 かたかな

促音、長音篇

ザ

羅馬拼音	za	中文式發音	紮

説　明

源自片假名「サ」，再加上濁點記號「゛」。

ジ

羅馬拼音	ji	中文式發音	基

説　明

源自片假名「シ」，再加上濁點記號「゛」。

實用單字

ジープ	吉普車
基一撲	ji.i.pu.

🎵 133

ズ

羅馬拼音	zu	中文式發音	資

説　明

源自片假名「ス」，再加上濁點記號「゛」。

實用單字

ズボン	長褲。
資玻嗯	zu.bo.n.

應用短句

♣ 穿長褲。

ズボン を 穿きます。
zu.bo.n. o. ha.ki.ma.su.
資玻嗯 喔 哈key媽思

🎵 133

ゼ			
羅馬拼音	**ZO**	中文式發音	賊

說明

源自片假名「セ」，再加上濁點記號「゛」。

實用單字

ゼリー	果凍
賊哩一	ze.ri.i.

ゼロ	零
賊捜	ze.ro.

ゼミ	研討會
賊咪	ze.mi.

應用短句

♣ 吃果凍。

ゼリー を 食べます。
ze.ri.i. o. ta.be.ma.su.
賊咪 喔 他背媽思

♣參加研討會。

ゼミ に 参加 します。
ze.mi. ni. sa.n.ka. shi.ma.su.
賊咪 你 撒嗯咖 吸媽思

🔊 134

| 羅馬拼音 | ZO | 中文式發音 | 走 |

説　明

源自片假名「ソ」，再加上濁點記號「゛」。

實用單字

| ゾーン | 地帶／範圍 |
| 走一嗯 | zo.o.n. |

應用短句

♣達到警戒範圍。

警戒ゾーン に 達します。
ke.i.ka.i.zo.o.n. ni. ta.sshi.ma.su.
開一咖衣走一嗯 你 他・吸媽思

261

ダ

| 羅馬拼音 | **da** | 中文式發音 | 搭 |

説　明

源自片假名「タ」，再加上濁點記號「゛」。

實用單字

ダブル	雙份
搭捕嚕	da.bu.ru.

ダンス	跳舞
搭嗯思	da.n.su.

ダイエット	減肥
搭衣せ・偷	da.i.e.tto.

ダイヤ	時刻表／鑽石
搭衣呀	da.i.ya.

ダメージ	傷害
搭妹一基	da.me.e.ji.

ダイヤモンド	鑽石
搭衣呀謀嗯兜	da.i.ya.mo.n.do.

MP3 135

應用短句

♣ 不擅長跳舞。

ダンス　が　苦手　です。
da.n.su.　ga.　ni.ga.te.　de.su.
搭嗯思　嘎　你嘎貼　爹思

♣ 減肥。

ダイエット　　します。
da.i.e.tto.　　shi.ma.su.
搭衣せ‧偷　　吸媽思

♣ 時刻表被打亂了。

ダイヤ　が　乱れました。
da.i.ya.　ga.　mi.da.re.ma.shi.ta.
搭衣呀　嘎　咪搭勒媽吸他

♣ 買鑽石。

ダイヤモンド　を　買います。
da.i.ya.mo.n.do.　o.　ka.i.ma.su.
搭衣呀謀嗯兜　喔　咖衣媽思

豆知識

「ダイヤ」這個字，可以指時刻表，也可以用來當鑽石的簡稱。

263

ヂ

羅馬拼音	ji	中文式發音	基

説　明

源自片假名「チ」，再加上濁點記號「゛」。

ツ

羅馬拼音	zu	中文式發音	資

説　明

源自片假名「ツ」，再加上濁點記號「゛」。

🎵 136

デ

羅馬拼音	de	中文式發音	爹

説　明

源自片假名「テ」，再加上濁點記號「゛」。

實用單字

デート	約會
爹一偷	de.e.to.

デビュー	出道
爹逼瘀一	de.byu.u.

データ	資料
爹一他	de.e.ta.
デジタル	數位的
爹基他嚕	de.ji.ta.ru.
デザイン	設計
爹紮衣嗯	de.za.i.n.
デパート	百貨公司
爹趴一偷	de.pa.a.to.

應用短句

♣ 約會。

デート します。
de.e.to. shi.ma.su.
爹一偷 吸媽思

- -

♣ 出道。

デビュー します。
de.byu.u. shi.ma.su.
爹逼瘀一 吸媽思

- -

♣ 收集資料。

データ を 集めます。
de.e.ta. o. a.tsu.me.ma.su.
爹一他 喔 阿此妹媽思

- -

♣ 買數位相機。

デジタルカメラ を 買います。
de.ji.ta.ru.ka.me.ra. o. ka.i.ma.su.
爹基他嚕咖妹啦 喔 咖衣媽思

- -

♣ 設計很好。

デザイン が いい です。
de.za.i.n. ga. i.i. de.su.
爹紮衣嗯 嘎 衣一 爹思

♣ 去百貨公司。

デパート へ 行きます。
de.pa.a.to. e. i.ki.ma.su.
爸趴一偷 せ 衣key媽思

137

ド	
羅馬拼音 **do**	中文式發音　兜

説　明
源自片假名「ト」，再加上濁點記號「゛」。

實用單字

ドーム	巨蛋
兜母	do.o.mu.

ドア	門
兜阿	do.a.

ドライバー	螺絲起子／駕駛
兜啦衣巴一	do.ra.i.ba.a.

ドラマ	連續劇
兜拉媽	do.ra.ma.

ドイツ	德國
兜衣此	do.i.tsu.

ドーナツ	甜甜圈
兜一拿此	do.o.na.tsu.

應用短句

♣ 在巨蛋辦演唱會。

ドーム　で　ライブ　を　やります。
do.o.mu.　de.　ra.i.bu.　o.　ya.ri.ma.su.
兜一母　爹　啦衣捕　喔　呀哩媽思

♣ 打開門。

ドア　を　開けます。
do.a.　o.　a.ke.ma.su.
兜阿　喔　阿key媽思

♣ 使用螺絲起子。

ドライバー　を　使います。
do.ra.i.ba.a.　o.　tsu.ka.i.ma.su.
兜啦衣巴一　喔　此咖衣媽思

♣ 看連續劇。

ドラマ　を　見ます。
do.ra.ma.　o.　mi.ma.su.
兜啦媽　喔　咪媽思

豆知識

日文裡稱開車出去兜風為「ドライブ」；得來速服務則為「ドライブイン」。

バ

| 羅馬拼音 | **ba** | 中文式發音 | 巴 |

説 明

源自片假名「ハ」，再加上濁點記號「゛」。

實用單字

バス	巴士
巴思	ba.su.

バッグ	包包
巴・古	ba.ggu.

バースデー	生日
巴一思爹一	ba.a.su.de.e.

應用短句

♣搭巴士。

　バス　　に　　乗ります。
　ba.su.　ni.　no.ni.ma.su.
　巴思　　你　　no哩媽思

♣買包包。

　バッグ　　を　　買います。
　ba.ggu.　o.　ka.i.ma.su.
　巴・古　　喔　　咖衣媽思

ビ

| 羅馬拼音 | **bi** | 中文式發音 | 逼 |

說明

源自片假名「ヒ」，再加上濁點記號「゛」。

實用單字

ビーフ	牛肉
逼一夫	bi.i.fu.

ビル	大樓
逼嚕	bi.ru.

ビール	啤酒
逼一嚕	bi.i.ru.

ビザ	簽證
逼紮	bi.za.

應用短句

♣ 喝啤酒。

ビール　を　飲みます。
bi.i.ru.　o.　no.mi.ma.su.
逼一嚕　喔　no咪媽思

ブ

| 羅馬拼音 | **bu** | 中文式發音 | 捕 |

源自片假名「フ」，再加上濁點記號「゛」。

實用單字

| ブーツ | 靴子 |
| 捕一此 | bu.u.tsu. |

| ブレーク | 大受歡迎／爆發性的 |
| 捕勒一哭 | bu.re.e.ku. |

| ブランド | 名牌／品牌 |
| 捕啦嗯兜 | bu.ra.n.do. |

| ブルー | 藍色 |
| 捕嚕一 | bu.ru.u. |

| ブーム | 熱潮 |
| 捕一母 | bu.u.mu. |

| ブラック | 黑色 |
| 捕啦・哭 | bu.ra.kku. |

應用短句

♣ 穿靴子。

ブーツ を 履きます。
bu.u.tsu. o. ha.ki.ma.su.
捕一此 喔 哈key媽思

♣ 大受歡迎。

ブレーク します。
bu.re.e.ku. shi.ma.su.
捕勒一哭 吸媽思

♣ 喜歡名牌商品。

ブランド品 が 好き です。
bu.ra.n.do.hi.n. ga. su.ki. de.su.
捕啦嗯兜he嗯 嘎 思key 爹思

♣ 穿著藍色衣服。

ブルー の 服 を 着ます。
bu.ru.u. no. fu.ku. o. ki.ma.su.
捕嚕一 no 夫哭 喔 key媽思

♣ 黑色的比較好。

ブラック の ほう が いい です。
bu.ra.kku. no. ho.u. ga. i.i. de.su.
捕啦・哭 no 吼一 嘎 衣一 爹思

豆知識

日文中的顏色，有原本日語的說法，也可以使用英文直譯的外來語。例如黑色的日文可以說成「黑」也可以說成「ブラック」。

271

べ

| 羅馬拼音 | **be** | 中文式發音 | 背 |

源自片假名「へ」，再加上濁點記號「゛」。

實用單字

ベッド	床
背・兜	be.ddo.

ベル	鈴
背嚕	be.ru.

ベルト	皮帶
背嚕偷	be.ru.to.

應用短句

♣ 繫皮帶。

ベルト	を	します。
be.ru.to.	o.	shi.ma.su.
背嚕偷	喔	吸媽思

ボ

| 羅馬拼音 | **bo** | 中文式發音 | 玻 |

説　明

源自片假名「ホ」，再加上濁點記號「゛」。

實用單字

ボタン	鈕釦
玻他嗯	bo.ta.n.

ボール	球
玻一嚕	bo.o.ru.

ボーナス	獎金
玻一拿思	bo.o.na.su.

應用短句

♣ 解開釦子。

ボタン を　はずします。
bo.ta.n.　o.　ha.zu.shi.ma.su.
玻他嗯　喔　哈資吸媽思

♣ 拿到獎金。

ボーナス　を　もらいます。
bo.o.na.su.　o.　mo.ra.i.ma.su.
玻一拿思　喔　謀啦衣媽思

Part 7 半濁音

パ		
羅馬拼音	**pa**	中文式發音 趴

說 明

源自片假名「ハ」，再加上半濁點記號「゜」。

實用單字

パスポート	護照
趴思剖一偸	pa.su.po.o.to.

パソコン	電腦
趴搜口嗯	pa.so.ko.n.

パン	麵包
趴嗯	pa.n.

應用短句

♣ 請出示護照。

パスポート	を	見せて	ください。
pa.su.po.o.to.	o.	mi.se.te.	ku.da.sa.i.
趴思剖一偸	喔	咪誰貼	哭搭撒衣

♣ 用電腦。

パソコン	を	使います。
pa.so.ko.n.	o.	tsu.ka.i.ma.su.
趴搜口嗯	喔	此咖衣媽思

ピ

| 羅馬拼音 | **pi** | 中文式發音 | 披 |

説明

源自平假名「ヒ」，再加上半濁點記號「゜」。

實用單字

| ピザ | 比薩 |
| 披紫 | pi.za. |

| ピアス | 耳環 |
| 披阿思 | pi.a.su. |

| ピーマン | 青椒 |
| 披一媽嗯 | pi.i.ma.n. |

應用短句

♣ 戴耳環。

ピアス　を　つけます。
pi.a.su.　o.　tsu.ke.ma.su.
披阿思　喔　此開媽思

♣ 討厭青椒。

ピーマン　が　嫌い　です。
pi.i.ma.n.　ga.　ki.ra.i.　de.su.
披一媽嗯　嘎　key啦衣　爹思

プ

| 羅馬拼音 | **pu** | 中文式發音 | 撲 |

説　明

源自片假名「フ」，再加上半濁點記號「゜」。

實用單字

プール	泳池
撲一嚕	pu.u.ru.

プレゼント	禮物
撲勒賊嗯倫	pu.re.ze.n.to.

プロ	專業／職業的
撲攄	pu.ro.

應用短句

♣ 在泳池游泳。

プール　で　泳ぎます。
pu.u.ru.　de.　o.yo.gi.ma.su.
撲一嚕　爹　歐優個衣媽思

- -

♣ 送禮物。

プレゼント　を　贈ります。
pu.re.ze.n.to.　o.　o.ku.ri.ma.su.
撲勒賊嗯倫　喔　歐哭哩媽思

- -

ペ

羅馬拼音	pe	中文式發音	ㄆㄟ

説　明

源自片假名「ヘ」，再加上半濁點記號「°」。

實用單字

ペア	成對的
ㄆㄟ阿	pe.a.

ペット	寵物
ㄆㄟ・偷	pe.tto.

ペンキ	油漆
ㄆㄟ嗯key	pe.n.ki.

ペン	筆
ㄆㄟ嗯	pe.n.

ページ	頁
ㄆㄟ一基	pe.e.ji.

ペース	速度
ㄆㄟ一思	pe.e.su.

應用短句

♣ 買對戒。

ペアリング を 買います。
pe.a.ri.n.gu. o. ka.i.ma.su.
呸阿哩嗯古 喔 咖衣媽思

♣ 養寵物。

ペット を 飼います。
pe.tto. o. ka.i.ma.su.
呸‧偷 喔 咖衣媽思

♣ 刷油漆。

ペンキ を 塗ります。
pe.n.ki. o. nu.ri.ma.su.
呸嗯key 喔 奴哩媽思

♣ 用筆寫。

ペン で 書きます。
pe.n. de. ka.ki.ma.su.
呸嗯 爹 咖key媽思

♣ 速度很快。

ペース が 速い です。
pe.e.su. ga. ha.ya.i. de.su.
呸一思 嘎 哈呀衣 爹思

ポ

| 羅馬拼音 | **po** | 中文式發音 | 剖 |

説　明

源自片假名「ホ」，再加上半濁點記號「゚」。

實用單字

ポスター	海報
剖思他ー	po.su.ta.a.

ポイント	重點／點數
剖衣嗯偷	po.i.n.to.

ポーズ	姿勢
剖ー資	po.o.zu.

ポテト	馬鈴薯／薯條
剖貼偷	po.te.to.

ポーク	豬肉
剖ー哭	po.o.ku.

ポケット	口袋
剖開・偷	po.ke.tto.

應用短句

♣ 貼海報。

ポスター を 貼ります。
po.su.ta.a.　o.　ha.ri.ma.su.
剖思他一　喔　哈哩媽思

♣ 拿到點數。

ポイント を ゲット します。
po.i.n.to.　o.　ge.tto.　shi.ma.su.
剖衣嗯偷　喔　給・偷　吸媽思

♣ 擺姿勢。

ポーズ を つけます。
po.o.zu.　o.　tsu.ke.ma.su.
剖一資　喔　此開媽思

♣ 炒豬肉。

ポーク を 炒めます。
po.o.ku.　o.　i.ta.me.ma.su.
剖一哭　喔　衣他妹媽思

♣ 放到口袋裡。

ポケット に 手 を 入れます。
po.ke.tto.　ni.　te.　o.　i.re.ma.su.
剖開・偷　你　貼　喔　衣勒媽思

Part 8 拗音

キャ

| 羅馬拼音 | **kya** | 中文式發音 | 克呀 |

説　明
由「キ」作子音，「ヤ」作母音而合成。

實用單字

キャンペーン	活動／宣傳活動
克呀嗯呸－嗯	kya.n.pe.e.n.

キャスト	角色／卡司
克呀思偷	kya.su.to.

キャッチ	捉住
克呀・漆	kya.cchi.

キャンセル	取消
克呀嗯誰嚕	kya.n.se.ru.

キャンデー	糖果
克呀嗯爹－	kya.n.de.e.

キャベツ	高麗菜
克呀背此	kya.be.tsu.

應用短句

♣ 正在進行活動。

キャンペーン中　　　です。
kya.n.pe.e.n.chu.u.　de.su.
克呀嗯呸－嗯去－　　爹思

♣ 捉住。

キャッチ　します。
kya.cchi.　shi.ma.su.
克呀‧漆　吸媽思

♣ 不能取消。

キャンセル　できません。
kya.n.se.ru.　de.ki.ma.se.n.
克呀嗯誰嚕　爹key媽誰嗯

♣ 舔糖果。

キャンデー　を　舐めます。
kya.n.de.e.　o.　na.me.ma.su.
克呀嗯爹－　喔　拿妹媽思

♣ 討厭高麗菜。

キャベツ　が　嫌い　　です。
kya.be.tsu.　ga.　ki.ra.i.　de.su.
克呀背此　嘎　key啦衣　爹思

キュ

羅馬拼音	**kyu**	中文式發音	**Q**

説　明

由「キ」作子音，「ユ」作母音而合成。

實用單字

キュート	可愛
Q－偷	kyu.u.to.

キョ

羅馬拼音	**kyo**	中文式發音	克優

説　明

由「キ」作子音，「ョ」作母音而合成。

🎵 147

シャ

羅馬拼音	**sha**	中文式發音	瞎

説　明

由「シ」作子音，「ャ」作母音而合成。

實用單字

シャワー	淋浴
瞎哇－	sha.wa.a.

● 平假名篇 ひらがな

● 片假名篇 かたかな

● 促音、長音篇

應用短句

♣ 淋浴。

シャワー を 浴びます。
sha.wa.a. o. a.bi.ma.su.
瞎哇一 喔 阿逼媽思。

🎵 147

シュ			
羅馬拼音	**shu**	中文式發音	嘘

説　明

由「シ」作子音，「ユ」作母音而合成。

實用單字

シューズ	鞋子
嘘一資	shu.u.zu.

シュークリーム	泡芙
嘘一哭哩一母	shu.u.ku.ri.i.mu.

シューマイ	燒賣
嘘一媽衣	shu.u.ma.i.

シュレッダー	碎紙機
嘘勒・搭一	shu.re.dda.a.

シ ョ

| 羅馬拼音 | sho | 中文式發音 | 休 |

說 明

由「シ」作子音，「ョ」作母音而合成。

實用單字

ショートケーキ	草莓蛋糕
休－偷開－key	sho.o.to.ke.e.ki.

ショー	秀
休－	sho.o.

ショート	短的
休－偷	sho.o.to.

ショップ	商店
休・撲	sho.ppu.

ショック	震驚／打擊
休・哭	sho.kku.

ショッピング	購物
休・披嗯古	sho.ppi.n.gu.

平假名篇 ひらがな

片假名篇 かたかな

促音、長音篇

應用短句

♣ 吃草莓蛋糕。

ショートケーキ を 食べます。
sho.o.to.ke.e.ki. o. ta.be.ma.su.
休－偷開－key 喔 他背媽思

♣ 看秀。

ショー を 見ます。
sho.o. o. mi.ma.su.
休－ 喔 咪媽思

♣ 剪短髮。

ショートカット にします。
sho.o.to.ka.tto. ni.shi.ma.su.
休－偷咖・偷 你吸媽思

♣ 在商店買。

ショップ で 買います。
sho.ppu. de. ka.i.ma.su.
休・撲 爹 咖衣媽思

♣ 買東西。

ショッピング します。
sho.ppi.n.gu. shi.ma.su.
休・披嗯古 吸媽思

チャ

| 羅馬拼音 | cha | 中文式發音 | 掐 |

說 明

由「チ」作子音，「ヤ」作母音而合成。

實用單字

チャーハン	炒飯
掐一哈嗯	cha.a.ha.n.

チャンス	機會
掐嗯思	cha.n.su.

チャレンジ	挑戰
掐勒嗯基	cha.re.n.ji.

應用短句

♣ 有機會。

チャンス　が　あります。
cha.n.su.　ga.　a.ri.ma.su.
掐嗯思　嘎　阿哩媽思

♣ 挑戰看看。

チャレンジ　して　みます。
cha.re.n.ji.　shi.te.　mi.ma.su.
掐勒嗯基　吸貼　咪媽思

チュ

| 羅馬拼音 | chu | 中文式發音 | 去 |

説　明

由「チ」作子音,「ユ」作母音而合成。

實用單字

チュー	親嘴
去ー	chu.u.

チューリップ	鬱金香
去ー哩・撲	chu.u.ri.ppu.

應用短句

♣親吻。

チュー　します。
chu.u.　shi.ma.su.
去ー　　吸媽思

♣鬱金香開花。

チューリップ　が　咲きます。
chu.u.ri.ppu.　ga.　sa.ki.ma.su.
去ー哩・撲　　嘎　　撒key媽思

チョ

| 羅馬拼音 | **cho** | 中文式發音 | 秋 |

平假名篇 ひらがな

說明

由「チ」作子音，「ヨ」作母音而合成。

● 片假名篇 かたかな

實用單字

チョイス	選擇
秋衣思	cho.i.su.

チョコレート	巧克力
秋口勒一偷	cho.ko.re.e.to.

チョーク	粉筆
秋一哭	cho.o.ku.

促音、艮音篇

應用短句

♣ 有各種選擇。

いろいろ	な	チョイス	が	あります。
i.ro.i.ro.	na.	cho.i.su.	ga.	a.ri.ma.su.
衣撲衣撲	拿	秋衣思	嘎	阿哩媽思

♣ 收到巧克力。

チョコレート	を	もらいます。
cho.ko.re.e.to.	o.	mo.ra.i.ma.su.
秋口難一偷	喔	謀啦衣媽思

ニャ

| 羅馬拼音 | **nya** | 中文式發音 | 娘 |

説　明

由「ニ」作子音，「ャ」作母音而合成。

ニュ

| 羅馬拼音 | **nyu** | 中文式發音 | 女 |

説　明

由「ニ」作子音，「ュ」作母音而合成。

實用單字

| ニュース | 新聞。 |
| 女一思 | nyu.u.su. |

🎧 151

ニョ

| 羅馬拼音 | **nyo** | 中文式發音 | 妞 |

説　明

由「ニ」作子音，「ョ」作母音而合成。

ヒャ

| 羅馬拼音 | hya | 中文式發音 | 合呀 |

説　明
由「ヒ」作子音，「ャ」作母音而合成。

ヒュ

| 羅馬拼音 | hyu | 中文式發音 | 合瘵 |

説　明
由「ヒ」作子音，「ュ」作母音而合成。

ヒョ

| 羅馬拼音 | hyo | 中文式發音 | 合優 |

説　明
由「ヒ」作子音，「ョ」作母音而合成。

ミャ

| 羅馬拼音 | mya | 中文式發音 | 咪呀 |

説　明
由「ミ」作子音，「ャ」作母音而合成。

ミュ

羅馬拼音	**myu**	中文式發音	咪瘀

説 明

由「ミ」作子音,「ュ」作母音而合成。

實用單字

ミュージック	音樂
咪瘀—基・哭	my.u.ji.kku.

ミョ

羅馬拼音	**myo**	中文式發音	咪優

説 明

由「ミ」作子音,「ョ」作母音而合成。

リャ

羅馬拼音	**rya**	中文式發音	力呀

説 明

由「リ」作子音,「ャ」作母音而合成。

リュ

| 羅馬拼音 | **ryu** | 中文式發音 | 驢 |

説　明

由「リ」作子音，「ユ」作母音而合成。

實用單字

| リュック | 後背包 |
| 驢・哭 | ryu.kku. |

リョ

| 羅馬拼音 | **ryo** | 中文式發音 | 溜 |

説　明

由「リ」作子音，「ヨ」作母音而合成。

ギャ

| 羅馬拼音 | **gya** | 中文式發音 | 哥呀 |

説　明

由「ギ」作子音，「ヤ」作母音而合成。

實用單字

| ギャンブル | 賭博 |
| 哥呀嗯捕嚕 | gya.n.bu.ru. |

平假名篇 ひらがな

●片假名篇 かたかな

促音、長音篇

ギュ

| 羅馬拼音 | **gyu** | 中文式發音 | 哥瘀 |

説 明

由「ギ」作子音，「ュ」作母音而合成。

ギョ

| 羅馬拼音 | **gyo** | 中文式發音 | 哥優 |

説 明

由「ギ」作子音，「ョ」作母音而合成。

實用單字

| ギョウザ | 煎餃 |
| 哥優一紮 | gyo.u.za. |

🎵 154

ジャ

| 羅馬拼音 | **ja** | 中文式發音 | 加 |

説 明

由「ジ」作子音，「ャ」作母音而合成。

實用單字

| ジャケット | 夾克 |
| 加開・偷 | ja.ke.tto. |

ジャム	果醬
加母	ja.mu.

ジャンル	種類/類別
加嗯嚕	ja.n.ru.

應用短句

♣ 穿夾克。

ジャケット を 着ます。
ja.ke.tto. o. ki.ma.su.
加開・偷 喔 key媽思

♣ 做果醬。

ジャム を 作ります。
ja.mu. o. tsu.ku.ri.ma.su.
加母 喔 此哭哩媽思

平假名篇 ひらがな

●片假名篇 かたかな

促音、長音篇

ジュ

羅馬拼音	**ju**	中文式發音	居

説　明

由「ジ」作子音,「ユ」作母音而合成。

實用單字

ジュース	果汁
居－思	ju.u.su.

ジュエリー	珠寶
居世哩－	ju.e.ri.i.

應用短句

♣ 喝果汁。

ジュース を 飲みます。
ju.u.su. o. no.mi.ma.su.
居一思 喔 no咪媽思

♣ 買珠寶。

ジュエリー を 買います。
ju.e.ri.i. o. ka.i.ma.su.
居せ哩一 喔 咖衣媽思

ジョ		
羅馬拼音	**jo**	中文式發音　糾

説　明

由「ジ」作子音，「ョ」作母音而合成。

實用單字

ジョッキ	啤酒杯
糾・key	jo.kki.

ジョーク	玩笑
糾一哭	jo.o.ku.

ジョギング	慢跑
糾個衣嗯古	jo.ki.n.gu.

應用短句

♣ 慢跑。

ジョギング　　します。
jo.gi.n.gu.　　shi.ma.su.
糾個衣嗯古　　吸媽思

ヂャ

| 羅馬拼音 | **ja** | 中文式發音 | 加 |

説　明

由「ヂ」作子音，「ャ」作母音而合成。

ヂュ

| 羅馬拼音 | **ju** | 中文式發音 | 居 |

説　明

由「ヂ」作子音，「ュ」作母音而合成。

ヂョ

| 羅馬拼音 | **jo** | 中文式發音 | 糾 |

説　明

由「ヂ」作子音，「ョ」作母音而合成。

ビャ

| 羅馬拼音 | **bya** | 中文式發音 | 逼呀 |

説　明

由「ビ」作子音，「ャ」作母音而合成。

ビュ

| 羅馬拼音 | **byu** | 中文式發音 | 逼瘀 |

説　明

由「ビ」作子音，「ュ」作母音而合成。

實用單字

| ビュー | 景色 |
| 逼瘀一 | byu.u. |

ビョ

| 羅馬拼音 | **byo** | 中文式發音 | 逼優 |

説　明

由「ビ」作子音，「ョ」作母音而合成。

ピャ

| 羅馬拼音 | **pya** | 中文式發音 | 披呀 |

説　明

由「ピ」作子音，「ャ」作母音而合成。

🔊 157

ピュ

| 羅馬拼音 | **pyu** | 中文式發音 | 披瘀 |

説　明

由「ピ」作子音，「ュ」作母音而合成。

ピョ

| 羅馬拼音 | **pyo** | 中文式發音 | 披優 |

説　明

由「ピ」作子音，「ョ」作母音而合成。

外來語常見拗音

　　日文中的外來語是直接音譯國外的單字，但是許多發音是原本日語５０音中沒有的。因此便出現了只有在外來語拼音時才會見到的發音。在本章將介紹在外來語中比較常出現的幾個拗音。

イエ

| 羅馬拼音 | **ye** | 中文式發音 | 耶 |

説　明
由「イ」作子音，「エ」作母音而合成。

ウィ

| 羅馬拼音 | **ui** | 中文式發音 | **we** |

説　明
由「ウ」作子音，「イ」作母音而合成。念法和英文的「we」相同。

ウェ

| 羅馬拼音 | ue | 中文式發音 | 喂 |

説　明

由「ウ」作子音，「エ」作母音而合成。

🎧 159

ウォ

| 羅馬拼音 | uo | 中文式發音 | 窩 |

説　明

由「ウ」作子音，「オ」作母音而合成。

クァ

| 羅馬拼音 | kua | 中文式發音 | 誇 |

説　明

由「ク」作子音，「ア」作母音而合成。

クィ

| 羅馬拼音 | kui | 中文式發音 | 哭衣 |

説　明

由「ク」作子音，「イ」作母音而合成。念法為「ㄎㄨㄟ」，取中文「哭衣」兩字的音。

クェ

羅馬拼音	**kue**	中文式發音	虧

説　明

由「ク」作子音，「エ」作母音而合成。

クォ

羅馬拼音	**kuo**	中文式發音	括

説　明

由「ク」作子音，「オ」作母音而合成。

グァ

羅馬拼音	**gua**	中文式發音	刮

説　明

由「グ」作子音，「ア」作母音而合成。

🎵 160

シェ

羅馬拼音	**she**	中文式發音	些

説　明

由「シ」作子音，「エ」作母音而合成。

ジェ

| 羅馬拼音 | je | 中文式發音 | 接 |

説　明

由「ジ」作子音，「エ」作母音而合成。

スィ

| 羅馬拼音 | sui | 中文式發音 | 穌衣 |

説　明

由「ス」作子音，「イ」作母音而合成。念法為「ムー」，取中文「穌衣」兩字的音。

チェ

| 羅馬拼音 | che | 中文式發音 | 切 |

説　明

由「チ」作子音，「エ」作母音而合成。

ツァ

| 羅馬拼音 | tsa | 中文式發音 | 擦 |

説　明

由「ツ」作子音，「ア」作母音而合成。

ツィ

| 羅馬拼音 | **tsui** | 中文式發音 | 姿衣 |

説　明

由「ツ」作子音，「ィ」作母音而合成。

🎵 161

ツェ

| 羅馬拼音 | **tse** | 中文式發音 | 賊 |

説　明

由「ツ」作子音，「ェ」作母音而合成。

ツォ

| 羅馬拼音 | **tso** | 中文式發音 | 搓 |

説　明

由「ツ」作子音，「ォ」作母音而合成。

ティ

| 羅馬拼音 | **ti** | 中文式發音 | 踢 |

説　明

由「テ」作子音，「ィ」作母音而合成。

テュ

| 羅馬拼音 | **tyu** | 中文式發音 | 特瘀 |

説　明

由「テ」作子音，「ユ」作母音而合成。念法為「ㄊㄧㄩ」，取中文「特瘀」兩字的音。

ディ

| 羅馬拼音 | **di** | 中文式發音 | 低 |

説　明

由「デ」作子音，「イ」作母音而合成。

デュ

| 羅馬拼音 | **dyu** | 中文式發音 | 低瘀 |

説　明

由「デ」作子音，「ユ」作母音而合成。念法為「ㄉㄧㄩ」，取中文「低瘀」兩字的音。

🎵 162

トゥ

| 羅馬拼音 | **tu** | 中文式發音 | 吐 |

説　明

由「ト」作子音，「ウ」作母音而合成。

ドゥ

| 羅馬拼音 | **du** | 中文式發音 | 肚 |

説　明

由「ド」作子音，「ウ」作母音而合成。

ファ

| 羅馬拼音 | **fa** | 中文式發音 | 發 |

説　明

由「フ」作子音，「ア」作母音而合成。

フィ

| 羅馬拼音 | **fi** | 中文式發音 | 膚衣 |

説　明

由「フ」作子音，「イ」作母音而合成。念法為「ㄈㄧ」，取中文「膚衣」兩字的音。

フュ

| 羅馬拼音 | **fyu** | 中文式發音 | 膚瘀 |

説　明

由「フ」作子音，「ユ」作母音而合成。念法為「ㄈㄧㄩ」，取中文「膚瘀」兩字的音。

フェ

| 羅馬拼音 | fe | 中文式發音 | 非 |

説　明

由「フ」作子音，「エ」作母音而合成。

🔊 163

フォ

| 羅馬拼音 | fo | 中文式發音 | 否 |

説　明

由「フ」作子音，「オ」作母音而合成。

ヴァ

| 羅馬拼音 | va | 中文式發音 | 發 |

説　明

由「ヴ」作子音，「ア」作母音而合成。

ヴィ

| 羅馬拼音 | vi | 中文式發音 | V |

説　明

由「ヴ」作子音，「イ」作母音而合成。

ヴュ

羅馬拼音	**vyu**	中文式發音	**view**

説明

由「ヴ」作子音,「ユ」作母音而合成。念法為英文的「view」。

ヴェ

羅馬拼音	**ve**	中文式發音	費

説明

由「ヴ」作子音,「エ」作母音而合成。

ヴォ

羅馬拼音	**vo**	中文式發音	否

説明

由「ヴ」作子音,「オ」作母音而合成。

促音、長音篇

促音
長音

促音

つ／ッ

羅馬拼音	中文式發音

説明

「つ」的小寫是表示促音，這個字只會出現在單字中間。促音不發音，而是發完促音前一個音後，稍作停頓，並加重促音後的第一個音。「っ」是平假名；「ッ」是片假名。

實用單字

いっしょ 衣・休	一起 i.ssho.
いらっしゃい 衣啦・瞎衣	歡迎 i.ra.ssha.i.
アップル 阿・撲嚕	蘋果 a.ppu.ru.
コップ 口・撲	杯子 ko.ppu.
リップ 哩・撲	嘴唇 ri.ppu.

右側邊欄：平假名篇 ひらがな ・ 片假名篇 かたかな ・ 促音、長音篇

セット	成套
誰・偷	se.tto.

🎵 165

♣ 一起去。

一緒 に 行きます。
i.ssho. ni. i.ki.ma.su.
衣・休 你 衣key媽思

♣ 歡迎光臨。

いらっしゃいませ。
i.ra.ssha.i.ma.se.
衣啦・瞎衣媽誰

♣ 吃蘋果派。

アップルパイ を 食べます。
a.ppu.ru.pa.i. o. ta.be.ma.su.
阿・撲嚕趴衣 喔 他背媽思

♣ 洗杯子。

コップ を 洗います。
ko.ppu. o. a.ra.i.ma.su.
口・撲 喔 阿啦衣媽思

♣ 用護唇膏。

リップクリーム を 塗ります。
ri.ppu.ku.ri.i.mu. o. nu.ri.ma.su.
哩・撲哭哩一母 喔 奴哩媽思

Part 11 長音

一

| 羅馬拼音 | 中文式發音 |

説 明

在片假名中，長音的標示記號為「一」。

實用單字

| ビール | 啤酒 |
| 逼一露 | bi.i.ru. |

| コーヒー | 咖啡 |
| ロ―he― | ko.o.hi.i. |

豆知識

在平假名中，若是單字最後的音是 a、i、u、e、o 結尾，而後面又再接上了あ、い、う、え、お、う 等字時，則讓前一個音多拉長一拍。平假名單字的長音念法如下：

實用單字

| おかあさん | 媽媽 |
| 歐咖一撒嗯 | o.ka.a.sa.n. |

| ああ | 啊！ |
| 阿一 | a.a. |

| さあ | 那麼！／我不清楚 |
| 撒一 | sa.a. |

| はあ | 什麼？ |
| 哈一 | ha.a. |

| まあ | 唉呀／還可以　📀 167 |
| 媽一 | ma.a. |

| いい | 好 |
| 衣一 | i.i. |

| しいたけ | 香菇 |
| 吸一他開 | shi.i.ta.ke. |

| ちいさい | 小的 |
| 漆一撒衣 | chi.i.sa.i. |

| おにいさん | 哥哥 |
| 歐你一撒嗯 | o.ni.i.sa.n. |

| ひいじいちゃん | 曾祖父 |
| he一基一掐嗯 | hi.i.ji.i.cha.n. |

| くふう | 設法 |
| 哭夫一 | ku.fu.u. |

| すうがく | 數學 |
| 思一嘎哭 | su.u.ga.ku. |

| ずつう | 頭痛 |
| 資此一 | zu.tsu.u. |

ちゅうごくふう	中國風
去－狗哭夫－	chu.u.go.ku.fu.u.

けしき	景色
開吸key	ke.shi.ki.

だれのせい	是誰的錯
搭勒no誰－	da.re.no.se.i.

ていねい	細心有禮貌
貼－內－	te.i.ne.i.

へいき	沒關係
嘿－key	he.ki.i.

こう	這樣
ロ－	ko.u.

そう	是嗎
搜－	so.u.

どう	哪裡
兜－	do.u.

のうこう	濃郁
no－ロ－	no.u.ko.u.

ほう	…方／邊
吼－	ho.u.

もう	已經
謀－	mo.u.

我的菜日文：快速學會50音

> 雅致風靡　典藏文化

親愛的顧客您好，感謝您購買這本書。即日起，填寫讀者回函卡寄回至本公司，我們每月將抽出一百名回函讀者，寄出精美禮物並享有生日當月購書優惠！想知道更多更即時的消息，歡迎加入"永續圖書粉絲團"您也可以選擇傳真、掃描或用本公司準備的免郵回函寄回，謝謝。

傳真電話：（02）8647-3660　　　　電子信箱：yungjiuh@ms45.hinet.net

姓名：	性別：	□男　　□女

出生日期：　年　　月　　日　　電話：
學歷：　　　　　　　　　　職業：
E-mail：
地址：□□□
從何處購買此書：　　　　　　　購買金額：　　　　元
購買本書動機：□封面 □書名 □排版 □內容 □作者 □偶然衝動
你對本書的意見： 內容：□滿意□尚可□待改進　　編輯：□滿意□尚可□待改進 封面：□滿意□尚可□待改進　　定價：□滿意□尚可□待改進
其他建議：

總經銷：永續圖書有限公司

永續圖書線上購物網
www.foreverbooks.com.tw

您可以使用以下方式將回函寄回。

您的回覆，是我們進步的最大動力，謝謝。

① 使用本公司準備的免郵回函寄回。

② 傳真電話：（02）8647-3660

③ 掃描圖檔寄到電子信箱：

　　yungjiuh@ms45.hinet.net

沿此線對折後寄回，謝謝。

2 2 1 - 0 3

雅典文化事業有限公司　收
新北市汐止區大同路三段194號9樓之1

雅致風靡　　典藏文化